Krimi von der Côte d'Azur

Herausgegeben von
Pierrette Letondor

JEAN MAZARIN
SAURE TRAUBEN FÜR PUNTACAVALLO
(Adieu les vignes ...)

Aus dem Französischen
von Christel Kauder

Mit einem Nachwort von Francis Attard

ELSTER VERLAG
MOOS & BADEN-BADEN

Lektorat Anima Kröger

Satz und Herstellung:
Reinhard Amann, Leutkirch

Druck und Bindung:
Franz Spiegel Buch GmbH, Ulm

Einbandgestaltung:
Wolfgang Mehnert

ISBN 3-89151-078-0

Gedankensplitter

Die Frauen werden niemals wissen, welche Selbstlosigkeit, welche Charakterstärke und, sagen wir es ruhig, welche Seelengröße ein Mann braucht, in der Hängematte liegenzubleiben, wenn seine Freunde ihn zum Anisette einladen...

Sauveur Puntacavallo
(Hotelier und Philosoph)

Erster Akt

In dem der Held, aufgebrochen zu einem ländlichen Festmahl, schließlich zur Zielscheibe eines jähzornigen Winzers wird, was beweist, wenn es denn für den neubekehrten Leser eines Beweises bedarf, daß er im weiteren Verlauf der Lektüre auf allerhand Zitterpartien gefaßt sein muß.

Der Frühling ist wieder da...

Soll heißen, am Himmel gibt es mehr Sonne als Wolken. Das ist übrigens keine Seltenheit an der Côte d'Azur, wie man ja unschwer bereits am Namen sieht... Côte d'Azur... Azur, blauer Himmel. Ganz anders als in den Landstrichen, die es so gern nachmachen möchten... Côte d'Opale, Côte d'Argent oder sogar Côte d'Emeraude, fauler Zauber, trügerische Verlockung für Touristen; denn wenn man von der Côte spricht, einfach so, ohne jeden Zusatz, dann sucht der Tourist sie weder an der Nordsee, noch am Atlantik, noch am Mittelmeer links von Marseille!

Es ist schön im Hafen von Nizza, eine Sonne, daß man glauben könnte, es wäre August. Deshalb konnte ich mich auch noch nicht aufraffen, die drei Etagen zu meinem Büro hinaufzugehen, sondern habe mich erst mal im Erdgeschoß auf der Terrasse des *Café des cols bleus* niedergelassen. Die beiden Zwischengeschosse, ehemals gutbürgerliche Wohnungen, sind umgewandelt worden in Büros für Schiffahrtsgesellschaften, Marke Transitverkehr, Import-Export, sogar ein Reeder ist dabei. Monsieur Calcipuocco, der Segelkreuzfahrten anbietet, alles inklusive: Schiff, Heizöl, Mannschaft mit Koch und Stewardessen. Erste Sahne eben!

Ganz oben, da, wo die Dienstbotenzimmer waren, hat man

ebenfalls Büros eingerichtet, aber bescheidenere, nur für freiberufliche Anfänger... Der Immobilienmakler René-Charles, dessen Spezialität nicht gerade die 50-Hektar-Grundstücke, sondern mehr die Zweizimmerwohnungen mit Kochnische für junge Beamtenpärchen sind. Die Wahrsagerin Madame Sémiramis und ihr gegenüber die Praxis von Line Danang, einer Masseurin, die angeblich Kinesiotherapeutin ist, aber wohl eher aus dem Südostasiatischen stammt. Sie hat es schnell zu einer ansehnlichen Klientel gebracht, vor allem zu Männern, die unten herum eine Arthrose haben, wie es heißt.

Und ganz am Ende des Flurs, hinter einer Tür mit Mattglasscheibe, wie Sie sie bestimmt in den amerikanischen Filmen der fünfziger Jahre gesehen haben, ich meine die in Schwarzweiß mit Helden wie James Cagney, Edward G. Robinson, Paul Muni und vor allem natürlich Humphrey Bogart, mein Büro. Auf die Scheibe habe ich mit selbstklebenden Plastikgoldbuchstaben geschrieben:

Frankie-Pat Puntacavallo
Privatdetektiv

Das ist keine Angeberei... Ich bin ein richtiger Privatdetektiv, mit Diplom, Gewerbeschein und Visitenkarten, die ich im Hundert bei einem Kumpel drucken lasse. Was die Kundschaft betrifft, die bewegt sich natürlich noch nicht auf dem Niveau eines Marlowe, aber ich komme zurecht. Ich muß außerdem betonen, daß ich noch lange nicht jeden Klienten nehme und ihnen schon gar nicht nachlaufe. Das ist praktisch eine Frage der Ehre, wie man an der Côte sagt. »Der Klient kommt zu dir, und du triffst die Wahl.« Im Sommer zum Beispiel muß nicht der Kaufmann den ersten Schritt tun. Der Tourist hat sich gefälligst zu ihm zu bemühen. Dies ist keine kalte Region, um die der Tourist einen Bogen macht. Hier gibt es Sonne, und man muß zahlen, wenn man etwas davon abhaben will... Doch der kultursoziologische Exkurs würde hier zu weit führen, daher fasse ich zusammen. Ich warte auf den Klienten, und der kann sich, ehrlich gesagt, ruhig Zeit lassen.

– Hallo, Frankie, sagt das rothaarige Mädchen zu mir, das gerade sein Moped an das Parkverbotsschild gelehnt hat.

Sie befestigt die Kette mit dem Zahlenschloß, stellt die Kombination ein und steuert majestätisch auf mich los, ein bißchen wie ein Segelschiff... Weil es warm ist, hat sie ihre Arbeitskleidung wieder mehr der Jahreszeit angepaßt: Das Röckchen nicht zu lang, ungefähr auf halber Höhe der Oberschenkel, die bei ihr eher kräftig geraten sind, schön straff gespannt über den Hüften und den prallen Hinterbacken. Und dann die obere Partie... In diesem Punkt läßt Gisou alle anderen Strichbienen, die in Konkurrenz mit ihr im Hafenbereich arbeiten, weit hinter sich. Ungelogen, was sie da hat, das sind keine Brüste, das sind Wassermelonen... Wie ich es sage, Wassermelonen!

Man findet einfach keine Worte, um solche Brüste zu beschreiben. Diese Worte gibt es nicht. Nicht die Literatur müßte man heranziehen, sondern die visuelle Kunst, die Malerei und nicht zuletzt vielleicht sogar den Tastsinn.

– Darf ich dir einen Kaffee spendieren, Gisou?

– Aber dann auf die Schnelle, die Kundschaft dürfte bei diesem Wetter nämlich allmählich unter Druck stehen.

Jeannot, der Terrassenkellner, bringt einen doppelten Espresso, ohne daß Gisou erst hätte bestellen müssen. Das macht es so angenehm, wenn man ein guter Kunde in einem Bistro ist. Man braucht nicht mehr zu bestellen. Eine Handbewegung genügt, und der Kellner weiß, was er zu bringen hat, je nach der Tageszeit. Bei mir zum Beispiel ist es vor elf Uhr Kaffee. Von elf bis eins Casanis mit einem Eiswürfel und der dreifachen Menge Wasser, dann wieder Kaffee bis achtzehn Uhr dreißig. Und endlich zurück zum Casa, ein richtiges Metronom: Casanis-Kaffee... Kaffee-Casanis...

– Wie findest du meine neue Frisur, fragt sie mich.

– Nicht übel, nahezu pariserisch.

Und ihre Arbeit erledigt Gisou tatsächlich fast wie eine Pariserin. Das einzige, was ich ihr vorwerfen könnte, obwohl ich nie ihr Kunde war – ein Frankie-Pat Puntacavallo bezahlt nicht für eine Nummer –, ist ihre Vorliebe für die ökologische Methode, im Freien, gelegentlich bei leichtem Wind und selbst bei Regenschauern.

– »Weißt du«, erklärt sie mir oft, »die Liebe im Freien rückt mein Gewerbe in die Nähe des Priesteramtes. Eine Rückkehr zum Ursprung der Menschheit, unberührte Natur, der Mann und die Frau...«

– »Aber doch wohl auch der Nahkampf«, pflegt Jojo Amancio stets zu antworten, wenn er dabei ist.

Gisou lüftet mit leichter Hand ihre Dauerwelle im Afrostil nach Art der neuen Pariser Frauen, die zu dickköpfig sind, als daß sie glattes Haar tragen könnten.

– Beim nächsten Mal, sagt sie zu mir, hätte ich Lust, mir diese afrikanischen Zöpfchen mit den Muschelschalen machen zu lassen... Was meinst du, Frankie?

* * *

Ich nehme mir gerade meinen dritten Casa vor, als René-Charles, der Immobilienmakler, eintrifft. Ich merke sofort, daß er hinter einer großen Sache her ist (mindestens eine Dreizimmerwohnung mit allem Komfort), denn er hat seinen perlgrauen Anzug an, dazu das rosa Hemd, passende Socken und eine Krawatte »afrikanisches Laubwerk«. Ein wahrer modischer Kunstdruck. Ich glaube tatsächlich, wenn ich nicht Gast im *Café des cols bleus* wäre, übernähme garantiert er die Rolle des schmucken Burschen in diesem Etablissement. Aber ich bin nun einmal da, Frankie-Pat, der eleganteste Schnüffler der Côte, der Mann, der soviel Klasse hat, daß die Filmschauspieler es abgelehnt haben, seine Rolle zu spielen. Sie fürchten einfach den Vergleich.

– Nimmst du einen Casa, René?

– Wenn du darauf bestehst, aber dann geb ich ihn aus.

Ganz sicher hat er ein ordentliches Geschäft gemacht. Schließlich geht es auf den Sommer zu, und das ist für einen Immobilienmakler in Nizza immer eine gute Jahreszeit, in der die schriftlichen Reservierungen von überallher eintreffen. René-Charles kennt besser als jeder andere all die möblierten Zimmer mit Waschbecken und Blick auf den Hinterhof, die gegen Mitte Juni zu entzückenden Luxusappartements werden. Manchmal bringt ihm das Beschimpfungen von seiten der Kundschaft ein, einmal sogar ein blaues Auge, aber das ist der Preis des Berufs, wie er sagt.

Er setzt sich, zieht ein wenig das Hosenbein hoch, bevor er die Beine kreuzt, wie ein Engländer, der seinen Tweed nicht zerknittern will. Bei ihm ist es ein kleiner Flanellanzug, 60 Prozent Viskose, eingenähte Bügelfalte und ungefüttertes Jakkett.

– »Man fühlt sich so frei darin«, sagt er, aber jeder weiß, daß es auch billiger ist. Er hat sich den Anzug im Januar beim Ausverkauf im *Redoute* besorgt und wartet seitdem auf den Augenblick, ihn im *Café des cols bleus* einzuweihen.

– Hast du eine Erbschaft gemacht? fragt ihn Jeannot.

– Nein, aber was mich angeht, ich arbeite…

Jeannot sieht ihn empört an.

– Was willst du damit sagen, René?

– Genau das, was du verstanden hast…

– Die Arbeit, die ich als Kellner im Café verrichte, ist unehrenhaft, weil es Trinkgeld gibt. Willst du das sagen?

– Komm, Jeannot, du hörst wohl seit neuestem auf das Geschwätz von Snobs!

René-Charles trinkt lächelnd seinen Casanis. Er schnalzt mit der Zunge, was er bei mir abgeguckt hat, und sieht mir dann direkt in die Augen, ohne die Sonnenbrille aufzusetzen.

– Ich bin hinter einer Wahnsinnssache her, Frankie…

Er beugt sich vor, um sein Herz auszuschütten.

– Eine Goldmine.

– Oh!…

Ich habe den Ausruf getan, um zu zeigen, daß ich inzwischen daran gewöhnt bin, ihn sagen zu hören, er habe eine Goldmine gefunden, während er in Wirklichkeit dauernd Kohle bei mir pumpen will, sobald die Telefonrechnung kommt.

– Der Clos des Mauves, zwanzig Hektar, aufgeteilt in vierzig zu bebauende Parzellen, jede mit einem Wohnblock von fast zweihundert Einheiten, sehr luxuriöse Ausstattung und Verarbeitung, und ich kann die Exklusivverkaufsrechte kriegen.

– Und was springt für dich dabei raus?

– Bestimmt mehr als hundert Millionen alte Francs...

Ich versuche ein spöttisches Lächeln nach der Art desjenigen, den hundert Millionen alte Francs mehr oder weniger genauso kaltlassen wie eine Rentenanmahnung der Sozialversicherung.

– Ist es was Ernsthaftes oder mehr *mezzo-mezzo*? dämpfe ich ihn, um ihm ein wenig die Überheblichkeit zu nehmen, die ich allmählich in seinen Worten entdecke.

– Was Ernsthaftes!

Er lacht aus vollem Halse und ist so glücklich, daß er Jeannot auffordert, uns nachzuschenken, auf seine Kosten.

– Es ist...

Er hält inne, vergewissert sich mit einem Blick in die Runde, daß niemand zuhört, dann beugt er sich wieder vor und wird vertraulich.

– Träger des Projekts ist die Baugesellschaft Azuréenne.

Ich nicke ernst, obwohl ich keine Ahnung habe, wer diese Europäerin ist.

– Die Azuréenne, das ist Pierre Brunel, ein Name im Immobiliengeschäft, ein Prinz, ein Boß, wie man in deiner Branche sagen würde... Und Pierre Brunel, dahinter steckt auch ein bißchen de la Portanière.

– Du meinst den Portanière, der Mitglied des Generalrats und erster stellvertretender Bürgermeister ist?

– Genau den... Du siehst, das Programm liegt nicht auf dem Niveau der Kaninchenställe für popelige Kleinsparer.

Wir trinken die zweite Runde, geruhsam, schön in der Sonne, damit beschäftigt, den Autostrom zu betrachten, der an uns vorbeifließt, und vor allem den Reigen der jungen Frauen in den leichten Kleidchen, die zum Markt in die Altstadt gehen. Das ist schön im Frühling, die blutjungen Dinger, die stolz ihre neuen Kleider oder die stramm anliegenden Leinenhosen einweihen. Und dann ist da noch diese Mode der flatternden Hosen aus feinem Gewebe... Ganz nach meinem Geschmack, kleidsam und doch verheißungsvoll.

René-Charles sieht auf seine Uhr.

– Gleich Mittag.

– Wir sollten uns drinnen einen Platz suchen... Heute gibt es als Tagesgericht Goldbrassenfilet mit Zwiebeln und Pilaw-Reis als Beilage.

Der Immobilienmakler verzieht das Gesicht wie einer, der an Vier Sterne gewöhnt ist und gezwungen wird, in einer Betriebskantine zu essen. Oft ißt er nichts im *Café des cols bleus* und sagt nach einem Blick auf die Karte: »Es gibt schließlich Grenzen...« Die Stammgäste beschränken sich dann auf ein Lächeln, jeder weiß nämlich, daß er finanzmäßig kurz vorm Ertrinken ist und sich an der Place Garibaldi ein Fischbrötchen einverleiben wird.

– Frankie, fragt er mich, was würdest du davon halten, wenn wir im Hinterland zu Mittag essen gingen?

– Und warum sollte ich im Hinterland zu Mittag essen gehen?

– Weil ich dich einlade...

Fehlt nicht viel, und der Schreck schnürt mir die Kehle zu. Niemals bis auf den heutigen Tag hat mich der Immobilienmakler eingeladen, nicht mal auf einen Kaffee, ausgenommen natürlich, wenn er sich bei mir Geld pumpen will, und plötzlich bezahlt er mir zwei Casanis, ohne daß ich meinerseits eine Runde ausgebe, und lädt mich zum Mittagessen ein. Noch so ein Ding, und ich werde mißtrauisch.

– Also, René-Charles, wie wär's mit der loyalen Tour... Du

sagst mir die Wahrheit, und anschließend gehen wir vielleicht zusammen im Hinterland essen.

Er setzt ein breites Lächeln auf.

– Ich will dir das Gelände zeigen, auf dem die Mauves-Häuser hochgezogen werden sollen... Das würde mir Spaß machen, und gleichzeitig lade ich dich zum Essen ein.

– Du glaubst doch wohl nicht, daß ich einen deiner Wohnblocks mit zweihundert Einheiten kaufen will?

– Und warum nicht?

Er macht eine großartige Handbewegung.

– Das ist eine goldene Kapitalanlage...

Er steht auf.

– Komm, fahren wir hin.

– Ist es auch nicht zu weit? frage ich.

– Leicht mit dem Wagen zu erreichen, nicht weit von Cantaron, und genau da kenne ich ein kleines Restaurant, du wirst sehen, wie gut es ist.

– Ein Spezialitätenrestaurant? frage ich, als ob ich mich informieren wollte; dabei weiß ich bereits, daß ich annehmen werde.

– Schnecken auf Mandeln, Forelle auf Steinpilzen...

– Dann fahren wir hin.

Mit einer lässigen Handbewegung fordert René-Charles Jeannot auf, die Aperitifs anzuschreiben.

– Wir nehmen meine Kiste, schlägt er vor, und zeigt auf seinen alten Simca 1100, ein Wagen, mit dem ich für meine Person mich nicht besonders gern sehenlassen würde.

* * *

Er hatte recht. Wir brauchten eine halbe Stunde, um das Gelände zu erreichen, eine hübsche Gegend oberhalb des Var-Tals. Wenn das Wetter klar ist wie heute, kann man das Meer und sogar Cap d'Antibes erkennen.

Das Grundstück springt über das Dorf Cantaron vor. Es liegt direkt unterhalb der *baous*; das sind kleine, nicht besonders eindrucksvolle Berge, die eher abgepellt aussehen, aber doch eine gewisse Mächtigkeit haben. Es gibt den Baou des Cluers, den Baou Le Blanc und den Baou des Mauves. Er hat die beste Lage, Vollsüd, und hat dem Gelände den Namen gegeben.

– Da ist es, sagt René-Charles und hält am Straßenrand gegenüber einer langen, ziemlich hohen Trockensteinmauer.

Gut zehn Meter vor uns ein altes schmiedeeisernes Tor, dessen Flügel offensteht, und zwar für alle Zeiten, wenn man den Zustand seiner verrosteten Angeln in Rechnung stellt.

– Nehmen wir das Ganze mal in Augenschein, sagt der Immobilienmakler.

Ich folge ihm. Wir überqueren die Straße und betreten das Grundstück.

– Der *Clos des Mauves*, sagt er... Fünfzehn Hektar, eingezäunt und von einem Bach durchflossen, der zwei offiziell registrierte Quellen hat. Die eine soll später das Schwimmbad speisen, die andere die Gärten bewässern. Das Wasser ist so sauber, daß man es getrost trinken könnte.

Wir gehen durch einen verwahrlosten Weinberg und nähern uns einem eindrucksvollen Gebäude. Ein waschechtes provenzalisches Landhaus, quadratisch, solide, mit dicken Mauern und Fensterläden aus Massivholz, damit es drinnen kühl bleibt. Der Putz ist allerdings ganz schön abgeblättert, und die Fensterläden kommen in etwa dem Zustand des Eingangstors gleich.

– Das ehemalige Herrenhaus, erläutert René-Charles... Es soll zum Clubhaus umgebaut werden, neben dem Schwimmbad und den Tennisplätzen. Es ist uns ein Herzensbedürfnis, stets das Authentische einer Wohngegend zu bewahren, das Echte zu erhalten, auf daß unsere Wurzeln sich nähren von dieser Erde, die, einst unseren Vorfahren gehörend, die ideale Stätte werden soll, an der unsere Kinder aufwachsen...

– Oh, René, mir kommen gleich die Tränen... Ist das der Werbeprospekt für den Verkauf deiner kleinen Hucken, den du da herunterbetest? frage ich ihn und betone ausdrücklich die »kleinen Hucken«, um ihn zu ärgern.

Er geht nicht darauf ein, so selig ist er über sein Exklusivverkaufsrecht. Er betrachtet das Gebäude, dann sieht er mich feuchten Auges an.

– Das wird Spitze, glaubst du nicht?

– Einsame Spitze... Ehrenwort, man wird sich darum reißen wie in Toulon um die Baguettes, besonders bei zweihundert Einheiten, das grenzt schon an Philanthropie...

Ich inspiziere die Umgebung. Es ist ein schönes Gelände, ein Hügel, der sanft zur Straße hin abfällt, mittendrin das Haus und zur Linken ein kleiner Korkeichenwald, hinter dem wohl der berühmte Bach fließt.

Ohne Eile schlendere ich auf die Korkeichen zu, die einen Miniatur-Cañon säumen, sehr hübsch, ganz Natur, prima zu verkaufen. Als ich das Wäldchen fast erreicht habe, drehe ich mich nach René-Charles um. Er ist zurückgeblieben, und als ich ihn rufe, kommt er mir auffallend lustlos nach, wie wenn ich böse Erinnerungen in ihm geweckt hätte. Es ist eigenartig, aber ich werde mißtrauisch. Er ist einfach nicht der Typ, der dir nach zwei Casanis noch ein Mittagessen bezahlt und null Gegenleistung verlangt. Womöglich ist er vor Freude und Begeisterung über den Erfolg größenwahnsinnig geworden.

Der Bach ist tatsächlich da, nicht besonders breit, ein Meter, vielleicht zwei an manchen Stellen, wo er sich zu kleinen tiefen Teichen ausweitet, mit klarem und bestimmt eiskaltem Wasser zwischen enormen blankpolierten Felsen. Es ist die reine Wildnis, und das wird diesem Gelände eine erkleckliche Wertsteigerung einbringen, besonders heutzutage, wo die leitenden Angestellten und Freiberufler, die für diese Art von Hucken in Frage kommen, allesamt ins Zeitalter der Höhlenmenschen zurückkehren wollen, sobald man ihnen mit alltäglichen Geschichten kommt. Bloß das Wasser wird man natürlich erwärmen mussen, bevor es ins Schwimmbad geleitet wird, sonst dürfte sich ein empfindlicher Mangel an Interessenten einstellen, die älter als zehn sind.

Am anderen Ufer steigt das Gelände zum Gipfel des Baou des Mauves hin an. Es gibt einen kleinen Weinberg dort, der noch in Betrieb ist, höchstens fünfhundert Quadratmeter; daran angeschlossen ist ein gut gepflegter Gemüsegarten, in dem man im Geiste schon Tomaten, Auberginen und Zucchini prangen sieht. Noch weiter oben ein solide gebautes Haus aus Trockensteinen mit einem leicht geneigten Ziegeldach. Die Fensterläden sind geöffnet, und es sieht ganz so aus, als wäre es bewohnt.

Ich nehme Anlauf und springe ans andere Ufer, wobei ich haarscharf die Rutschpartie ins kalte Wasser verfehle. Ich gehe noch ein paar Schritte, erreiche die ersten Rebstöcke.

– Komisch, dieses bewohnte Haus auf dem Eigentumsgelände, sage ich, während ich mich nach dem Immobilienmakler umdrehe – keine Sekunde zu spät, um neben mir ein Vibrieren in der Luft zu spüren, unmittelbar gefolgt von einem Knall, der ja seinerseits nur Schallgeschwindigkeit hat, und dann, etwas später, von einer heiseren Stimme mit starkem provenzalischen Akzent.

– He, du Vollidiot, verzieh dich schleunigst wieder auf deine Seite, sonst erwischt es beim nächsten Mal deinen Arsch!

Statt einer Antwort – Reaktionsvermögen verpflichtet – habe ich einen Hechtsprung nach vorn gemacht, ohne zu bedenken, daß der Boden vielleicht glitschig sein könnte. Er ist glitschig... Die zweite Kugel pfeift etwas höher vorbei, dann fängt die heisere Stimme wieder an:

– Sag mal, du Stinker, suchst du Streit?

– Was mich betrifft, Monsieur, ich suche gar nichts, und ich verziehe mich, wohin Sie wollen! schreie ich zurück, so laut ich nur kann.

Schweigen, ungemütlich lange, besonders für mich, weil ich bäuchlings mitten im Dreck liege, die Nase so dicht am Boden, daß ich den Typ nicht mal sehe, der mir das Licht ausblasen wollte.

– Darf ich aufstehen? frage ich ihn.

– Aber du verläßt meinen Weinberg auf dem gleichen Weg, wie du gekommen bist, und zwar augenblicklich.

Ich hebe die Hände mit weit gespreizten Fingern, um zu demonstrieren, daß ich die allerfriedlichsten Absichten habe. Ich trete einen Schritt zurück, klettere auf den dicken blanken Felsen und springe ans andere Ufer, wo der Immobilienmakler mich erwartet. Er steht da wie ein begossener Pudel.

– Es ist meine Schuld, Frankie, ich hätte dich warnen sollen...

– Warnen wovor?

– Es ist nur..., also, das Gelände vom anderen Bachufer bis zu dem Olivenbaum, den du da hinten siehst, gehört Vater Pancrace...

Er zeigt auf eine Gestalt, die soeben zwischen zwei Rebstockreihen aufgetaucht ist... Ein stämmiger Mann, ausgestattet mit einer dichten grauen Mähne und dazu passendem Schnauzbart, bekleidet mit einer schwarzen Cordhose und einem weißen Unterhemd, von dem sich breite rote Hosenträger abheben. Er hat ein doppelläufiges Jagdgewehr in der Hand, und ich begreife, daß er tatsächlich mit Kugeln geschossen haben muß. Ich bin doch kein Keiler!

Ohne näherzukommen, ohne einen Ton von sich zu geben. beobachtet er uns und lädt gemächlich seine Flinte nach.

– Besser, wir hauen ab, sagt René-Charles mit kleinlautem Stimmchen. Ich erklär' dir dann alles...

Schade, daß er es nicht vorher getan hat... Wir treten schrittweise den Rückzug an und haben dabei immer wieder ein Auge auf den alten Winzer, der jetzt bis zum östlichen Bachufer herangekommen ist, der Grenze »seines Besitzes«.

* * *

In der Toilette des Gasthauses habe ich eine ganze Weile mit dem Versuch zugebracht, den Schmutz abzukriegen, aber er klebt immer noch an meinem Anzug. René-Charles fühlt sich offenbar nicht ganz wohl in seiner Haut. Als ich zurückkomme, hat er schon zwei Pastis für uns bestellt.

Wir trinken schweigend; ich verärgert, er auf der Suche nach Worten, mit denen er die Sache vielleicht wiedergutmachen könnte.

– Ich habe wirklich nicht gedacht, daß Vater Pancrace auf uns schießen würde.

Ich leere mein Glas und frage ihn:

– Wie wär's, wenn du mich aufklärst?

– Na schön. Vater Pancrace hat innerhalb des Geländes ein Stück Land und ein Haus, keine große Sache, höchstens dreitausend Meter.

– Aber das ist unmöglich! Wie kann er in einem geschlossenen Grundstück, das ihm nicht gehört, Land besitzen?

René-Charles zuckt die Achseln.

– Eine Schnapsidee von Lamongie senior, dem ehemaligen Eigentümer... Bevor er endgültig abgetreten ist, hat er diesen kleinen Teil des Geländes offiziell vor dem Notar auf Pancrace Bézaudun überschreiben lassen, der sich als sein einstiger Halbpächter um den Weinberg gekümmert hat. Und daran ist nicht zu rütteln.

Die Chefin bringt die Schnecken auf Mandeln. Der Duft läßt mich die Schüsse und die Schmutzflecken auf meinem Anzug vergessen. Ich koste, und mein verwöhnter *Oesophagus* meldet: Volltreffer.

– Nicht schlecht, wie? fragt der Immobilienmakler.

– Lenk nicht ab und erzähl mir die Fortsetzung.

– Gut... Aber es ist wirklich alles ganz einfach... Vater Pancrace will sein Land nicht abgeben, und das blockiert das Programm natürlich ein bißchen.

Ich fixiere den Immobilienmakler mit meinem Spezialblick, der aus fast geschlossenen Lidern dringt, Marke amerikanischer Bulle.

– Du packst jetzt aus, fordere ich ihn auf, oder willst du warten, bis die Chefin die Forelle auf Steinpilzen bringt?

Er nimmt die Weinkaraffe und bedient mich reichlich. Könnte er mehr einschenken, als das Glas faßt, er würde es tun.

– Habe ich dir gesagt, Frankie, daß Monsieur Brunel Direktor der Baugesellschaft Azuréenne ist, die das Projekt trägt?

– Hast du gesagt.

– Na ja, Monsieur Brunel sucht... (er zögert), also, er sucht jemanden von deiner Art, und ich habe mir erlaubt, ihm zu sagen, daß du sicher bei ihm vorbeikommen könntest...

Über diese Eröffnung vergesse ich sogar den lieblichen Geschmack der Schnecken.

– Aber René-Charles, was will dieser Monsieur Brunel von mir?

– Dir einen Auftrag anbieten, hat er mir gesagt.

Der Immobilienmakler zögert, dann gesteht er:

– Und er hat hinzugefügt, daß ich vielleicht die Exklusivverkaufsrechte für das Programm bekomme, wenn du die Angelegenheit für ihn erledigst.

So etwas mag ich ganz und gar nicht, ich wittere einen üblen Streich... Ich kann nicht sagen, warum, aber ich bin nie ein Anhänger des Baugewerbes gewesen, vielleicht weil ich nie Projektträger war.

René-Charles ist hartnäckig:

– Monsieur Brunel hat von einer ordentlichen Summe gesprochen...

Er schnüffelt.

–... Verstehst du, Frankie, dieses Exklusivverkaufsrecht käme mir sehr zupaß... Das wäre für mich so etwas wie der Sonnenstrahl des Erfolgs nach all den Jahren bescheidener Arbeit. Bestimmt könnte ich mir eine Agentur auf der Avenue Médecin oder auf der Promenade neben dem neuen *Ruhl*leisten...

Da ich mich nicht rühre, drückt er noch ein bißchen auf die Tube.

–... Es würde mir außerdem gestatten, Mama aus dem Heim zu holen und sie in einer kleinen, nicht zu teuren Altbauwohnung im Musikerviertel unterzubringen, wo sie immer gewohnt hat. Dort könnte sie in Ruhe das Ende ihrer

Tage abwarten und sich auf ihrem Phonokoffer die Operetten von Monsieur Lopez anhören.

Ehrenwort, wenn ich nicht wüßte, daß seine Mutter glückliche Tage in einer kleinen Villa in der Nähe von Saint-Raphaël genießt, ich finge ernsthaft an zu heulen.

Zweiter Akt

In dem der Held an einem einzigen Abend nacheinander seiner zukünftigen Schwiegermutter und seinem zukünftigen Chef die Stirn bietet; Prüfungen, die er wie gewöhnlich mit einer Leichtigkeit bestehen wird, an der der Leser sich ein Beispiel nehmen kann, wenn es um die Lösung seiner eigenen Probleme geht.

Ich bin ziemlich früh nach Hause gegangen, weil Mama mir heute morgen mitgeteilt hat, daß Madame Castamougna zum Aperitif kommt und uns wichtige Dinge zu sagen hat.

Madame Castamougna, das ist die Frau, die man „die Witwe“ nennt, seit ihr Gatte vor bald zwanzig Jahren gestorben ist. Der Gatte, das war Armand Castamougna, ein braver Kaufmann, dem die Eisenwarenhandlung *Elite* in Mostaganem gehörte – Mostaganem, Algerien, das Land, in dem mehr oder weniger unser aller Wiege stand. Aber Madame Castamougna, das ist auch und vor allem die Mutter von Suzette, meiner Zukünftigen, derjenigen, die eines Tages ernstlich meine Frau wird, wenn ich mir eine Position erarbeitet habe. Allerdings scheint Suzette es nicht besonders eilig zu haben, weil sie nämlich mit Leidenschaft studiert. Wenn sie alle Magisterabschlüsse, die es an einer Universität gibt, gemacht hat, denkt sie vielleicht an Heirat, aber sie ist noch jung, gerade fünfundzwanzig.

Ich habe es übrigens ebenfalls nicht eilig, in den heiligen Stand der Ehe zu treten. Zum einen sollte ein junger Mann sich im Leben auskennen, bevor er eine Familie gründet mit Frau und Kindern, und zum anderen gibt es da bei Suzette noch das ästhetische Problem. Nicht, daß sie zum Weinen häßlich wäre, aber eine kleine Träne ringt es einem doch von Zeit zu Zeit ab, vor allem der figürliche Aspekt. Von vorn mag es ja noch angehen, aber im Profil... Man fragt sich fast, wogegen sie gerannt ist. Man könnte meinen, eine Tür, wenn Sie verstehen, was ich sagen will...

– Hast du dich auch nicht zu sehr abgearbeitet, mein Sohn? fragt mich Mama, als ich in die Wohnung komme.

– Es geht, Mama, aber du weißt, daß es heute sehr warm war.

– Wem sagst du das?

Sie bewegt die rechte Hand wie einen Fächer vor ihrem Gesicht hin und her.

– Mach es dir bequem, mein Sohn...

– Ich muß nach dem Aperitif noch einmal raus.

– Hast du einen neuen Fall?

– Ich kann es noch nicht sagen, Mama...

Ich ziehe das Jackett aus, lege es aber in Reichweite über die Rückenlehne eines Stuhls, damit ich es bei Madame Castamougnas Ankunft wieder anziehen kann. Eine Frage der Korrektheit. Wenn sie anschließend zu mir sagt, ich solle es ablegen, ist das etwas anderes.

– Und was ist los mit Madame Castamougna, daß sie einfach so an einem Dienstag mitten in der Woche zum Aperitif kommt, an ihrem Waschtag, wenn ich mich recht erinnere?

– Ich weiß es nicht, mein Sohn, aber sie hat betont, daß es sehr wichtig ist.

Ich habe da so meine Zweifel und ziehe ein entsprechendes Gesicht. Dann lasse ich mich mit dem *Nice-Matin* in einem Sessel nieder, um bis zur Ankunft der Witwe die Neuigkeiten zu lesen.

* * *

Nach unserer Rückkehr aus Cantaron hat der Immobilienmakler in meiner Gegenwart beim Chef der Baugesellschaft Azuréenne angerufen.

– Ja, Monsieur Brunel... Natürlich, Monsieur Brunel... Ich verbinde Sie mit ihm, Monsieur Brunel...

Er hat mir den Hörer gereicht und das Büro verlassen, angeblich um zur Toilette zu gehen. In Wirklichkeit wollte er mit dieser rücksichtsvollen Geste seine Diskretion beweisen. Am Ende der Leitung ertönte eine männliche Stimme, Markenzeichen erfolgreicher Geschäftsmann, Anfang fünfzig. Eine selbstsichere, sympathische Stimme, der man jedoch anhört, daß sie unerbittlich werden kann.

– Sind Sie es, Puntacavallo?

– Frankie-Pat Puntacavallo, am Apparat...

– Hat René-Charles Ihnen von meinem Vorschlag berichtet?

– Vage, ohne nähere Einzelheiten.

– Wir sollten ein Treffen verabreden.

– Wann und wo Sie wollen, Monsieur Brunel.

Mein Ton ist höflich, aber markant. Keine Spur unterwürfig. Es folgt eine kurze Pause, dann:

– Es wird heute spät bei mir... Kommen Sie doch gegen zwanzig Uhr in meinem Büro vorbei. Dort können wir die kleine Angelegenheit besser regeln.

– Und...?

– Sie finden mich bei der Azuréenne, Boulevard Victor-Hugo, fast gegenüber dem *Sofitel*...

– Ich werde da sein, Monsieur Brunel.

Nach einem kurzen Klopfen an der Glasscheibe meiner Tür ist René-Charles wieder hereingekommen, fast auf Zehenspitzen. Er hat mir zugesehen, wie ich den Hörer auflegte.

– Nun?

– Ich soll ihn heute abend aufsuchen.

Er hat erleichtert ausgesehen und sich in einen meiner beiden weißen Skaisessel gesetzt, die ich für die Klienten vor meinem Schreibtisch aufgestellt habe. Um die Wahrheit zu sagen, einer würde genügen, weil der Klient im allgemeinen allein kommt. Es ist entweder ein Ehemann, der seine Frau beschatten lassen will, oder umgekehrt. Kurz, in neun von zehn Fällen handelt es sich um Geschichten von Gehörnten, *cornutos*. Einmal ist mir auch ein Ehepaar untergekommen, aber einer nach dem anderen, und natürlich wußte keiner, daß der andere aus dem gleichen Grund da gewesen war. Mit dieser Familie hätte ich leicht ein Gruppenhonorar ausmachen können, dermaßen waren sie darauf bedacht, sich gegenseitig Hörner aufzusetzen. Zu allem Überfluß hatten sie einander Empfehlungen gegeben, Werbung von Mund zu Mund, wie man so sagt, und sind dann schließlich früher oder später alle aufgetaucht, die Tochter, die Schwägerin, deren Bruder und sogar eine Großmutter, die wissen wollte, ob ihr achtzigjähriger Gatte mit dem Geld für die Einkäufe hinter den Nutten herlief. Vorher hatte ich keine Ahnung, was der Opa machte, aber inzwischen ist er Dauerkunde bei Line Danang, der asiatischen Masseurin, die sich auf Arthrosen des Unterkörpers spezialisiert hat und in der Praxis neben meinem Büro arbeitet.

– Sag mal, René-Charles, habe ich zu ihm gesagt, du hast mir heute morgen Unsinn erzählt, als du mir weismachen wolltest, du hättest die Exklusivverkaufsrechte am Clos des Mauves bereits, because du hast zur Zeit gar nichts.

– Monsieur Brunel hat mir versprochen, wenn du ihm seinen Fall löst, dann...

– Und wenn ich abgelehnt hätte? Und wenn ich ihm seinen Fall nicht lösen kann?

Die Augen des Immobilienmaklers füllen sich schon wieder mit Tränen.

– Das bist du mir wirklich schuldig, Frankie, in Erinnerung an den Tag, an dem ich beinah an deiner Stelle gestorben wäre...

Da haben wir's, er tischt sie wieder auf... Eine alte Geschichte über Dankesschuld. Eines Tages hat sich René-Charles meinen Wagen geliehen und ist statt meiner hochgegangen, weil Bösewichter Sprengstoff darin deponiert hatten, um mich daran zu hindern, die Wahrheit über eine Affäre an den Tag zu bringen, in die wichtige Leute verwickelt waren usw. usw.[1] So etwas vergißt man nicht.

– Und ich bin sicher, hat er hinzugefügt, daß du diesen Fall lösen wirst, wie du alle deine Fälle gelöst hast, als ob das eine angeborene Begabung wäre.

Nicht, daß ich Schmeichelei liebe, aber ich schätze solche Worte doch sehr, weil sie – das muß ich trotz allem gestehen – nicht sehr weit von der Wahrheit entfernt sind.

Ich habe eine amerikanische Filterzigarette mit goldenem Mundstück genommen und sie mir zwischen die Lippen geschoben, dazu das *mezzo-mezzo*-Lächeln nach Art von Steve MacQueen. Danach habe ich ein italienisches Streichholz an meiner Schuhsohle angerissen (in Wirklichkeit natürlich an der Reibfläche, die ich auf die innere Absatzkante geklebt habe). Diese originelle Geste trainiere ich oft. Das beeindruckt den Klienten sehr, er fühlt sich dann wie im Kino.

Ich habe meine Zigarette angezündet, ohne mein Lächeln einzustellen, jedenfalls bis zu dem Moment, als der Filter beim Verbrennen echt zu stinken anfing.

* * *

Inzwischen hat Mama alles Nötige auf den niedrigen Tisch zwischen dem dreisitzigen Sofa und den beiden dazu passenden Sesseln gestellt. Als Getränke für mich Anisette und für die Frauen Cap-Corse – frisches Wasser holt sie immer im letzten Moment – sowie ein paar Leckereien: gegrillte Sonnenblumenkerne, die bei uns *glibettes* genannt wurden, Mandeln, Cashewkerne, Pistazien und für mich ein paar kalte Sardinen in Tomatensauce.

Ich fange an zu knabbern und lese dazu die Kleinanzeigen im *Nice-matin*, der, wie der gebildete Leser schon am Namen merkt, eine Morgenzeitung ist. Sie stellt für sich allein quasi die Gesamtheit der Riviera-Presse dar. Früher bekam man gegen Mittag noch *L'Espoir*. Aber die hat fusioniert, was heißen soll, daß sie verschwunden ist. Der *Patriote* ist etwas anderes; das ist ein kommunistisches Blatt, und Papa würde nie akzeptieren, daß eine Ausgabe über die Schwelle seines Hauses kommt nach allem, was sie uns in Algerien angetan haben. Er findet schon den *Nice-matin* eher linksgerichtet, wenn Sie wissen, was ich meine... Ich stoße zwei- oder dreimal auf den Namen der Baugesellschaft Azuréenne, und zwar in den Anzeigen für Wohnsitze des gehobenen Bedarfs in der Umgebung. Alle haben Namen zum Träumen, Marke »Die Meeresgärten« oder »Der Park für die oberen Führungskräfte« oder »Die Obstgärten von Babylon« und viele andere mehr.

– Ich wüßte gern, was Rosa uns zu sagen hat, fragt sich Mama mit lauter Stimme... Ich hoffe, sie kommt nicht, um die Auflösung eurer Verlobung zu verkünden...

– Man kann sie nicht auflösen, weil wir sie noch nicht geschlossen haben.

– Aber doch so gut wie... Ihr liebt euch, und sobald du dir eine Position geschaffen hast, feiern wir die offizielle Verlobung und drei Monate später die Hochzeit.

– So ist es, Mama, so ist es... Sobald ich mir eine Position geschaffen habe.

Mama schenkt sich ein Glas Muskatwein ein und leert es in einem Zug. Sie zuckt zusammen, weil die Achtklangklingel an der Eingangstür soeben ertönt ist. Rasch nimmt sie einen Lappen und wischt ihr Glas ab, damit die Witwe nicht merkt, daß man ohne sie zu trinken angefangen hat – das wäre ein Zeichen schlechter Erziehung – und stürzt zur Tür.

Ich höre, wie die beiden Frauen sich küssen und dazu Komplimente über das jeweilige gute Aussehen und die elegante Aufmachung austauschen. Die Witwe betritt das Eßzimmer. Sie breitet die Arme aus.

– Mein kleiner Frank, komm her und küß die Mutter deiner Zukünftigen.

Ich spiele den Überraschten, dann ziehe ich mein Jackett über, rücke den Krawattenknoten zurecht und gehe der Witwe entgegen, um sie auf beide Wangen zu küssen. Aber sie drückt mich nicht wie gewöhnlich an ihr Herz, will sagen, an ihren Busen, auf den selbst Gisou eifersüchtig wäre, zumindest in puncto Umfang.

– Nun, Ginette, wie findest du mein Kleid? fragt sie meine Mutter.

Mama lächelt.

– Es macht dich schlanker ... Ehrenwort, man könnte meinen, du hast zehn Kilo abgenommen.

In der Tat, das Kleid ist wirklich eine Schau ... Crèmefarbener Untergrund, darauf Blümchen in sämtlichen Farben wie eine Tapete, die man an die Wand klebt. An der Witwe sieht es komisch aus.

– Sehr originell, Madame Castamougna, sage ich, um ein Kompliment zu machen, derweil Mama die Karaffe mit dem frischen Wasser holt.

Die Witwe lächelt mir zu, etwas weniger herzlich als gewöhnlich.

– Suzette geht's gut? frage ich sie.

– Sie hat viel Arbeit mit ihrem Informatikabschluß. Als junges Mädchen solche Geräte zu bedienen, das ist schließlich nicht jedem gegeben, wie du dir denken kannst!

Mama kommt zurück, schenkt mir meinen Anisette ein. Dann bietet sie, getreu der südländischen Etikette, der Witwe Muskatwein an. Wir prosten uns zu, aber man spürt am Klang der Gläser, daß da etwas ist, eine Art Schatten.

– Also, Rosa, was sind das für wichtige Dinge, die du uns zu sagen hast? fragt Mama.

– Es betrifft mich, Suzette, euch, uns alle eben!

– Magst du nicht etwas deutlicher werden?

Die Witwe windet sich auf dem Stuhl, etwa so wie ein junges Mädchen, dem die Scham das Gewissen kitzelt. Schließlich entscheidet sie sich.

– Na schön, seit ungefähr einer Woche habe ich Verkehr.

– Wie, du hast Verkehr! ruft Mama aus.

– Wie eine normale Frau, mit einem Mann, einem Repatriierten ... Frank kennt ihn übrigens.

An dieser Stelle runzle ich die Brauen. Die Witwe erläutert:

– Maître Bunaglia, ein Notar aus Bone, der sich ebenfalls 1962 repatriiert hat. Ich habe ihn kennengelernt, als ich dachte, ich würde den Bruder des armen Armand beerben[2].

Mama sieht mich an, und ich nicke zustimmend.

– Ihr werdet also verstehen, daß Fidèle ... Fidèle ist der Vorname von Maître Bunaglia... daß Fidèle und ich möglicherweise heiraten werden.

– Mein Gott, was für eine gute Nachricht, was für ein Glück! ruft Mama aus und erhebt sich, um ihre Freundin zu umarmen.

Die Witwe stößt sie sanft, beinahe distanziert zurück.

– Wir machen es vor allem für Suzette, um ihr zu Hause kein schlechtes Beispiel vorzuleben. Und außerdem...

– Und außerdem was, Rosa?

– Wenn mir dieses Glück beschieden ist, wird Fidèle auch ein bißchen zu eurer Familie gehören, sobald die Kinder heiraten.

– Er mag gern kommen, erwidert Mama... Es ist Platz hier, am Tisch und im Herzen.

– Ich weiß, Ginette, ich weiß... Aber Fidèle hat eine gesellschaftliche Stellung zu behaupten. Er ist Notar in Cannes, direkt gegenüber dem Bahnhof.

Mama bringt die Pistazie, die sie gerade verspeisen wollte, nicht an die Lippen. Ein Zeichen, daß sie allmählich gereizt wird.

– Das soll heißen, du findest uns nicht gut genug für deinen... Ich kann ja nicht mal sagen, deinen Verlobten... (Sie wendet sich an mich.) Hilf mir, Franklin, wie nennt man das bei Frauen, wenn sie in einem gewissen Alter Verkehr haben?

– Den Freund... Den...

– Man kann ja wohl bei einer anständigen Frau nicht von vögeln reden!

Die Witwe erbleicht. Sie setzt ihr Glas ab, wartet ein paar Sekunden, bevor sie Mama anspricht.

– Wenn es denn sein muß, Ginette, werde ich dir die Wahrheit sagen... Da ist zunächst deine Tochter Marilyn, es ist stadtbekannt, daß sie das Haus verlassen hat, ohne verheiratet zu sein.

– Sie wohnt bei einer Freundin ... Alle jungen Studentinnen machen das so. Das ist sehr amerikanisch, sehr modern ...

– Suzette wohnt zu Hause, und Frank ist sicher der letzte, der sich darüber beklagen würde ... Deine Tochter dagegen wohnt bei Gracieuse Solomon, deren Ruf jeder kennt. Man braucht sie sich ja bloß anzusehen mit ihrer Lederjacke und der ewigen Pfeife zwischen den Lippen!

Mama beginnt zu schnüffeln.

– Rosa, du bist doch wohl nicht zu mir gekommen, um das Messer in meiner Wunde herumzudrehen ... Wo du schon einmal dabei bist, kannst du auch gleich meinen Sohn beschuldigen und Sauveur, meinen Gatten, der sich totschuftet, damit seine Familie ein ehrbares Leben führen kann.

Das muß die Witwe getroffen haben. Sie wechselt das Thema.

– A propos, wo ist Sauveur?

– Immer noch in Marseille wegen seiner Geschäfte mit Monsieur Pilciano.

– Und wann kommt er zurück?

– Sobald er kann, der Ärmste ... Das heißt, sobald seine Geschäfte erledigt sind.

– Warum? Klappt sein Hotelgewerbe nicht mehr?

Jetzt versucht Mama, das Thema zu wechseln. Mir ist klar, daß die Witwe hergekommen ist, um sich aufzuspielen. Aber das wird ihr schnell vergehen; im Grunde dürfte es ihrem Zukünftigen nämlich ziemlich schnuppe sein, daß Papa Hotels verpachtet (die Art von Einrichtungen, in denen der Gast nur kurz schläft, eine halbe, höchstens eine ganze Stunde), daß Marilyn sich mit einer ihrer Freundinnen von der Uni zusammengetan hat und daß ich Privatdetektiv bin.

»Der Abschaum der Gesellschaft«, behaupten manche. Mir hat das noch niemand ins Gesicht zu sagen gewagt. Ich hätte ihm übrigens nicht mal geantwortet.

* * *

Die Baugesellschaft Azuréenne sitzt in einem neuen Gebäude mit einer Halle aus Glas und eloxiertem Aluminium. Große Stahlschienen ziehen sich an der Fassade entlang und geben ihr ein bißchen das Aussehen einer Rakete auf der Abschußrampe, besonders nachts bei all den Lichtern der Avenue, die sich in ihren räucherlachsfarbenen Schaufenstern widerspiegeln.

Ich habe meinen Wagen am Square d'Alsace-Lorraine abgestellt und bin über die Avenue Victor-Hugo bis zum *Sofitel-Splendid* gegangen. Ein paar Minuten betrachte ich die eleganten Frauen, die das Hotel betreten oder herauskommen. Ich mag Hotels sehr, vor allem die Luxusschuppen, weil man spürt, daß ihre Besucher nicht dauernd ihr Scheckheft überprüfen müssen. Das muß von meiner großen Vorliebe für Spionageromane herrühren, in denen alle Helden Augen aus Stahl, Gold oder Silber haben, sich katzenhaft, geschmeidig und leise wie Raubtiere fortbewegen und bloß mit dem Finger zu schnippen brauchen, damit die Frauen fallen wie Kastanien beim großen Sturm. Wenn ich nicht das Zeug zum Detektiv gehabt hätte, ich glaube, ich wäre Spion geworden. Das ist auch nicht schlecht, schon gar nicht in Frankreich, weil es eine staatliche Tätigkeit ist und man Anspruch auf Rente erwirbt.

Ich überquere die Fahrbahn und begebe mich zum Gebäude der Azuréenne. Die Eingangshalle ist so, wie ich sie mir vorgestellt habe, ordentlich und sauber, die Wände marmorplattiert mit einer schlichten Reihe Kupferschilder, auf denen die einzelnen Firmen genannt sind, die hier residieren. Zugegeben, das ist etwas anderes als der düstere Flur, der an das *Café des cols bleus* angrenzt und in dem mein eigenes Schild angebracht ist: unaufdringlich, aus Weißmetall, die Buchstaben eingraviert wie auf einem Grabstein.

Sobald ich die Halle betrete, kommt ein Typ auf mich zu; bestimmt der Hauspolizist einer Privatfirma, denn er sieht wirklich wie ein amerikanischer Bulle aus, und alle Hauspolizisten aller Privatfirmen versuchen, wie amerikanische Bullen auszusehen. Sein Revolver, dessen Knauf er demonstrativ sehen läßt, schlägt ihm an den Schenkel. Er trägt eine schwarze Hose und ein granatfarbenes kurzärmeliges Hemd voller Abzeichen. Er rollt die Schultern gerade so, wie es sein muß, beeindruckt mich aber überhaupt nicht.

– Sie wünschen? fragt er mich.

– Ich bin mit Monsieur Brunel verabredet, antworte ich ihm.

– Jetzt?

Er spielt den Erstaunten, und ich mustere ihn mit einem schiefen Lächeln.

– Wenn es um morgen ginge, wäre ich nicht da!

– Wie ist Ihr Name, bitte?

Er macht jetzt auf höflich, aber ich wittere den Groll in seiner Stimme. Es ist nicht das erstemal, daß ein nichtswürdiger kleiner Bulle seinen Eifersuchtsanfall kriegt, wenn ich in meiner Zweitausendfrancs-Kluft auftauche und die Klasse vorführe, die jede meiner Gesten atmet.

– Frankie-Pat Puntacavallo, sage ich nur und reiche ihm eines meiner Visitenkärtchen.

Er sieht mich an, mustert mich anschließend mit gewissem Respekt, wenn auch eine Spur weniger, als ich mir gewünscht hätte, und sagt:

– Ein Schnüffler... Dann gehören Sie also auch zu dem Verein?

Ich habe nicht mal eine Antwort für ihn übrig; als ob man das vergleichen könnte. Er geht zu einem Telefon, nimmt den Hörer ab, tippt eine Nummer ein, wartet fast in Habachtstellung, korrigiert seine Haltung, als am andern Ende der Leitung jemand abzunehmen scheint, erläutert sein Anliegen und begnügt sich anschließend damit, im Stil der Zeitansage herunterzuleiern:

– Ja, Monsieur Brunel... Gut, Monsieur Brunel... Sofort, Monsieur Brunel...

Er legt auf und holt den Aufzug, dessen Tür er mir aufhält, als die Kabine angekommen ist.

– Im zehnten... Monsieur Brunel erwartet Sie an der Treppe.

Ich bedanke mich mit einem kleinen Handzeichen, genau die richtige Portion Herablassung, und drücke auf den Knopf mit der 10. Darüber gibt es nur noch ein Schlüsselloch, wahrscheinlich für den Zugang zu letzten Etage.

Eine Minute später stehe ich auf dem Flur des zehnten Stockwerks einem Mann gegenüber, der genau der Stimme am Telefon entspricht. Um die fünfzig, nicht sehr groß, untersetzt, der Hals so breit wie der Kopf, was ihn entfernt so aussehen läßt wie einen Rugbystürmer im Ruhestand, der Teint gebräunt, die Augen sehr hell und ein eher sympathisches Lächeln. Er trägt einen gutgeschnittenen Anzug aus reiner Wolle, der nach Geld riecht, genauso wie der Siegelring, der seinen rechten kleinen Finger schmückt. Er hat eine halb gerauchte Zigarre in der Hand, von der soliden Sorte, dick, mächtig, aber dennoch mit feinem Aroma.

– Puntacavallo? fragt er mich.

Ich antworte mit einem Kopfnicken, das ich Mitchum in *Fahr zur Hölle, Liebling* abgeguckt habe.

– Gehen wir in mein Büro...

Ich folge ihm... So wie der physische Aspekt von Monsieur Brunel gut zu seiner Telefonstimme paßt, harmoniert das Zimmer, das wir betreten, ganz und gar mit dem Stil des Gebäudes. Vielleicht fünfzig Quadratmeter, dicker Teppichboden wie englischer Rasen, Designermöbel aus schwarzlakkiertem Holz und Stahl, ein paar Häusermodelle hier und da auf Ständern aufgestellt.

Ich registriere, daß an einer Ecke des Schreibtisches ein Silbertablett mit Gläsern, einem Eisbehälter und einer Flasche Bourbon steht.

– Ein Drink, Puntacavallo?

Ich nicke. Er schenkt ein, reicht mir das handgeschliffene Kristallglas, nimmt ein zweites, schenkt sich ebenfalls ein, trinkt einen Schluck und nuckelt ein bißchen an seiner Zigarre.

– Frankie, Sie gestatten doch, daß ich Sie Frankie nenne?

– Selbstverständlich.

Er seufzt, als hätte er gerade gemerkt, daß einem seiner Gebäude ein Stockwerk fehlt.

– Frankie, ich habe Unannehmlichkeiten.

– Schwer zu glauben, Monsieur Brunel.

Er lächelt freundschaftlich.

– Sie sind ein Schlaukopf, Frankie.

– Das Gewerbe will es so, Monsieur Brunel.

– Es gefällt mir, was Sie da sagen.

Und er rückt seinen Stuhl in meine Richtung, bevor er sich erneut einen ordentlichen Schluck Bourbon genehmigt.

– Frankie, es gehört nicht zu meinen Gewohnheiten, um die Sache herumzureden, und ich werde nicht versuchen, Ihnen die Pille zu versüßen ... Also, ich habe Ärger mit dem Clos des Mauves.

– Vater Pancrace?

Er verzieht kurz das Gesicht.

– Ich sehe, Sie sind auf dem laufenden ... Genau darum handelt es sich. Dieser alte Trottel will sein Gelände nicht abtreten, und das stinkt mir, weil es Zaster blockiert, viel Zaster ...

Mit einer Handbewegung beendet er sein Gejammer und fordert mich dann mit einer Geste auf, ihm zu einer Karte zu folgen, die den größten Teil der Wand hinter seinem Schreibtisch bedeckt. Die Karte ist mit Reißzwecken aller Farben gespickt wie beim Führungsstab, wenn sie Manöver spielen.

Brunel richtet seinen Stuhl jetzt auf einen weißen Reißzwecken aus.

– Der Clos des Mauves, zwanzig eingefriedete Hektar, von der Baugesellschaft Niçoise du Sol gegen Cash vom Eigentümer, Hubert Lamongie junior, gekauft ... Aber der Vater dieses Hubert Lamongie hat einem gewissen Pancrace Bézaudun eine unentgeltliche Schenkung gemacht. Das war sein Halbpächter zu Zeiten, als auf dem Gut noch Wein hergestellt wurde ... Wir dachten, es wäre eine Frage der Moneten, der anderweitigen Unterbringung, aber dieser alte Trottel will nichts davon wissen!

Ich hebe den Finger.

– Da ist etwas, das ich nicht verstehe, Monsieur Brunel.

Er lächelt freundschaftlich, sicher um mir zu signalisieren: »Sie brauchen sich nicht zu schämen, Puntacavallo, das ist normal...«

– Sie haben gerade gesagt, es war die Niçoise du Sol, die das Gelände gekauft hat. Sie sind doch aber ...

– Die Azuréenne de Construction.

Er lacht von ganzem Herzen, und ich merke, daß ich im Augenblick nicht gerade als Denkgenie brilliere. Das scheint ihm zu gefallen. Er weist mit seiner Zigarre auf den Fußboden.

– Die Niçoise ist genau darunter...

Er verzieht das Gesicht.

– ... Ich bin ihr leitender Direktor, während meine Frau Generaldirektor ist... Hier bei der Azuréenne ist es umgekehrt. In der fünften Etage befindet sich ein Konstruktionsbüro, in der vierten ein Tiefbauunternehmen, in der dritten eine Verkaufsagentur, wobei natürlich alle unabhängig voneinander sind...

Eine neue Geste, um diese erklärende Parenthese zum Problem von Familienholdings zu schließen.

– Kommen wir zu unserem Geschäft zurück, Frankie... Ich möchte, daß Sie mir von diesem alten Trottel Pancrace Bézaudun die Unterschrift unter ein Versprechen besorgen, daß er auf seine Rechte verzichtet, gegen Entschädigung selbstverständlich... Wir sind keine Räuber.

Ich öffne den Mund, aber er bremst mich schon wieder, bevor ich sprechen kann.

– Ich will nicht wissen, wie Sie das erreichen, Frankie, weil ich Ihnen vertraue... (Er lächelt väterlich.) René-Charles hat mir zu verstehen gegeben, daß Sie in Psychologie ziemlich beschlagen sind und sehr überzeugend sein können...

– Das ist allerdings wahr!

Er geht an den Schreibtisch, nimmt die Bourbonflasche zur Hand.

– Ein Schlückchen?

Ich schiebe mein Glas vor.
– A propos, sagt er so ganz nebenbei, ich bin bereit, für diese Unterschrift auf einer Verzichtserklärung zwanzigtausend Francs auszuspucken.
Diesmal leere ich den Bourbon auf einen Zug.
– Das könnte mich möglicherweise interessieren, sage ich.
– Sie müssen sich schon entscheiden, Frankie... Ja oder nein, und ich will die Antwort sofort.
Ich überlege noch eine Sekunde und sage dann:
– In Ordnung, Monsieur Brunel.
Ich schlage mir leicht mit der flachen rechten Hand vor die Stirn.
– Und machen Sie sich keine Sorgen wegen der psychologischen Überredung.
Er setzt wieder sein nettes Lächeln auf, legt seine Zigarre auf den Rand eines dicken Kristallaschenbechers, öffnet eine der Schreibtischschubladen und holt ein Bündel Hunderter hervor.
– Fünftausend im voraus, der Rest nach Abschluß der Mission... (Er macht ein nachdenkliches Gesicht.) Die offiziellen Bevollmächtigten der Niçoise hatten dem alten Bézaudun hunderttausend Francs vorgeschlagen. Ich bin zu einer Zulage bereit, selbstverständlich nur im äußersten Falle...
Er greift wieder zu seiner Zigarre, betrachtet die Asche.
– Sagen wir, ich könnte verdoppeln... Wenn ich allerdings nicht gezwungen bin, es zu tun, erhalten Sie zusätzlich zu Ihrem Honorar zwanzig Prozent der eingesparten Summe...
Ein verdammt schlauer Fuchs!

Dritter Akt

In dem der Held sich erneut mit dem jähzornigen Winzer konfrontiert sieht und gleichzeitig feststellen muß, daß er womöglich nicht der einzige ist, der an diesem Fall arbeitet.

Ich befinde mich wieder auf der Landstraße, die den Clos des Mauves begrenzt, gegenüber dem rostigen Portal. Es ist kurz vor zehn. Auch heute ist das Wetter sehr schön, aber es weht ein leichter Mistral, der in der Nacht aufgekommen ist. Bis jetzt hat der Wind nicht zugenommen, und man kann hoffen, der drei-, sechs- oder neun-Tage-Regel zu entgehen.

Ich habe mich sportlich angezogen: Cordhose, Polohemd und Lederjacke, dazu eine dicke Reportertasche über der Schulter. Ich habe das Problem reiflich erwogen und beschlossen, mich als Journalist auszugeben, als Ökologieanhänger, der die Natur verteidigt und ein eingeschworener Feind der neuen Siedlungen ist. Vielleicht ist das eine Möglichkeit, an den guten Pancrace Bézaudun heranzukommen, ohne an seiner Artilleriesperre zu scheitern.

Zur Zeit lehne ich an der Motorhaube meines Wagens und zögere trotz allem ein wenig. Gegen meinen Willen schiebe ich die Konfrontation mit dem Alten vor mir her, denke mir feine Entschuldigungen aus – die Zigarette eben noch zu Ende rauchen, den Inhalt meiner Tasche überprüfen: drei Fotoapparate, davon einer mit Teleobjektiv, zwei dicke Notizbücher, ein gutes Dutzend Kugelschreiber in sämtlichen Farben und ein paar Filme.

Endlich entscheide ich mich, überquere die Fahrbahn, gehe durch das Gitter und steuere zielstrebig das Wäldchen an, das die Grenze zwischen dem »Land« von Vater Pancrace und dem übrigen Gebiet bildet. Ich glaube, die beste Lösung ist, einfach hinzugehen, ohne List und Tücke, so daß er keine Falle wittert.

Ich schreite also mit entspannter Miene voran, wenn auch meine Beine etwas wacklig sind. Ich springe mit einem Satz über den Bach, zwänge mich zwischen zwei Rebstockreihen hindurch, immer geradewegs drauflos. Es ist wie in einem Kriegsfilm, wenn der gute Held sich den Bösen nähert, die er noch nicht ausgemacht, der Zuschauer aber schon längst gesehen hat, das steigert die Beklemmung.

Als ich keine zwanzig Meter mehr von dem Gebäude entfernt bin, rufe ich laut und deutlich (jedenfalls versuche ich es):

– Vater Pancrace... Vater Pancrace...

Keine Antwort.

Aber die Fensterläden des Hauses sind geöffnet, und Pancrace Bézaudun gehört bestimmt nicht zu der Sorte, die bis in die Puppen schläft. Ich rücke weiter vor, auf der Hut jetzt, denn ich betrete nun jenes Gelände, das man *Niemandsland* nennt. Das ist ein Ort, an dem der Nichteinheimische unerwünscht ist. Im Krieg ist es der Feind, der als Niemand gilt, und man feuert ohne Vorwarnung auf ihn.

– Vater Pancrace...

– Was willst du hier, du Stinkstiefel?

Ich fahre zusammen. Die Stimme ist nicht von dem Gebäude her gekommen, sondern hinter mir ertönt, und ich muß einsehen, daß ich in die Falle getappt bin. Es gibt nichts Schlimmeres, als mit dem Gegner im Rücken dazustehen. In solchen Fällen pflege ich mich zu überzeugen, ob derjenige, der mich angesprochen hat, auch kein Mörder ist. Ich atme also tief durch und drehe mich um, lächle offen, sympathisch, etwa so wie der Vertreter, der seine Ware noch nicht verkauft hat.

– Vater Pancrace? frage ich.

Da steht er, direkt vor mir, trägt wieder seine Cordhose, die von den breiten roten Hosenträgern gehalten wird. Heute hat er ein kariertes Flanellhemd über sein Unterhemd gezogen, wahrscheinlich wegen der leichten Brise. Er hat sein doppelläufiges Jagdgewehr unter dem Arm und sieht mich gelassen an. Ich mache mich klein und warte ab, bis ich sicher sein kann, daß er mich nicht erkannt hat.

– Wer bist du? fragt er mich.

– Frankie Puntacavallo.

– Haben dich die Weinbergdiebe geschickt?

– Aber nein, nein.

Der alte Winzer sieht beinahe enttäuscht aus. Er streicht sich mit dem linken Zeigefinger den Schnurrbart glatt.

– Wirklich schade, beteuert er... Sonst hätte ich nämlich ohne Reue auf dich feuern können.

– Warum hätten Sie auf mich gefeuert? sage ich so natürlich, wie ich nur kann.

– Weil man die Weinbergdiebe auf diese Weise empfangen muß. Die sind auch nicht gerade zimperlich mit dem Schießen.

Er kommt noch ein oder zwei Meter näher heran, mustert mich aufmerksam. Komisch, aber ich habe den Eindruck, daß er heute morgen zum Scherzen aufgelegt ist, falls er mich nicht erkannt und einen seiner Tricks für mich parat hat.

– Und was verkaufst du nun?

– Nichts, ich verkaufe nichts...

Der Winzer kneift die Augen zusammen, wodurch tausend kleine Falten auf seinem Gesicht erscheinen. Es gleicht jetzt ein wenig dem eines dieser Indianerhäuptlinge im Western, zumal auch der alte Pancrace Bézaudun einen ziegelroten Teint hat. Das mag zum Teil an der Sonne liegen, ist aber bestimmt auch das Ergebnis seiner privaten Weinernte.

Klar, daß ich in seinen Augen wieder verdächtig werde; denn wenn ich nichts verkaufen und nichts kaufen will, vor allem seinen Weinberg nicht, wird er nicht allzuviele Gründe für meine Anwesenheit erkennen können.

– Ich bin Journalist, Vater Pancrace.

– Journalist bei was?

– Journalist bei der Zeitung...

– Du willst damit sagen, daß du derjenige bist, der in der Zeitung schreibt?

– In gewisser Hinsicht...

– In der Zeitung von Nizza?

Er hebt langsam sein Gewehr. Ich sehe, wie sich der Doppellauf auf meine Brust richtet.

– Nein, nicht in einer Zeitung aus dieser Gegend, erläutere ich, in einer von da oben...

Und ich zeige in Richtung Norden oder zumindest dahin, wo ich in der Luftlinie die Hauptstadt vermute. Der Doppellauf senkt sich leicht. Der Alte sieht aber immer noch nicht vollständig überzeugt aus.

– Und du willst die ganze Strecke zurückgelegt haben, nur um mich zu besuchen?

– Ungefähr so...

– Du hast aber keinen besonders ausgeprägten Pariser Akzent...

Ich lächle wie ein Idiot. Der alte Winzer betrachtet mich immer noch kopfschüttelnd.

– Könntest du mir vielleicht erklären, warum du hergekommen bist?

Ich merke, daß von meiner Antwort viele Dinge abhängig sind, zum Beispiel die wichtige Frage, was sich zwischen Pancrace Bézaudun und mir und vielleicht sogar zwischen seinem Gewehr und mir abspielen könnte.

– Wir beide haben einen Haß gemeinsam, Vater Pancrace, den Haß auf die Baulöwen, die das Land aufkaufen, um es in Beton zu verwandeln, die die Weinstöcke herausreißen, um statt dessen Gebäude hinzupflanzen.

Er runzelt die Brauen, immer noch mißtrauisch und ohne den Doppellauf, der mir wirklich überhaupt nicht sympathisch ist, nennenswert abzusenken.

– Weißt du Stinkstiefel eigentlich, daß deine Geschichte nicht besonders einleuchtend ist?

– Ich bin bereit, Ihnen alles im einzelnen zu erklären... Ich wäre bloß sehr froh, wenn Ihr Gewehr nicht mehr auf mich gerichtet wäre. Es könnte von allein losgehen und ...

– Keine Gefahr, Stinkstiefel... Wenn ein Mann ein Gewehr hält, macht es nur, was der Mann will.

Er überlegt eine Sekunde.

– Also los, geh voraus, aber keine Mätzchen, oder du stehst da wie ein Gimpel und hast den Hintern so voller Grobsalz, daß er dir eine gute Woche lang brennt.

Salz... Da lädt er sein Gewehr also neuerdings mit Salz! Aber gestern, als er ohne Vorwarnung auf mich geschossen hat, war es sehr wohl eine Kugel, mit der man Wildschweine erlegen könnte! Doch wie soll ich es ihm sagen, ohne zuzugeben, daß ich nicht das erstemal zum Clos des Mauves komme?

* * *

Vor dem *Maset* auf einer Art Terrasse, die mit verschieden großen Steinen gepflastert ist, ein Bistrotisch aus Gußeisen mit Marmorplatte. Auf dem Tisch drei Gläser und eine Weinflasche ohne Etikett. Der Alte läßt sich nieder, schenkt zwei Gläser voll, reicht mir eins.

– Probier das mal, Stinkstiefel... Naturrein, aus dem Weinberg, den du vor dir siehst.

Ich bedanke mich mit einem Lächeln, bringe das Glas an die Lippen, koste den Rachenputzer, der langsam durch meinen Oesophagus läuft, etwa wie Salpetersäure durch ein Spülsteinrohr, das man reinigen will.

– Er ist gut, was? fragt er mich.

– Fruchtig, antworte ich ihm.

Es scheint ihm zu gefallen, daß man seinen Rachenputzer lobt, und er schenkt mir noch ein Glas ein.

– Jetzt ist der erste Durst gelöscht, und ich kann ihn richtig genießen, als Feinschmecker, sage ich und nippe nur an dem Wein.

– Weißt du, Stinkstiefel, du bist mir regelrecht sympathisch, erwidert er.

Er legt sein Gewehr auf den Tisch, die Läufe auf den Weinberg gerichtet, nicht auf mich, ein Zeichen von Vertrauen.

– Dann kannst du also auch die Weinbergdiebe nicht leiden.

– Nein, nicht besonders... Deshalb bin ich ja hier unten... Ich soll einen Artikel über die Leute schreiben, die das Land mit ihren anarchischen Bauten verunstalten. Auf diese Weise habe ich von Ihrer Geschichte mit der Niçoise erfahren...

– Welche Niçoise?

– Die Niçoise du Sol, die Gesellschaft, die auf Ihren Weinberg scharf ist, um in dem Gebiet zu bauen.

Er setzt sein Glas ab, steht auf, nimmt sein Gewehr und zeigt mir das Gelände, das sanft zur Mauer hin abfällt.

– Am Bach entlang bis zu dem Olivenbaum da unten gehört alles mir. So ist es beim Notar eingetragen, und keiner kann mich zwingen wegzugehen, nicht mal die Weinbergdiebe...

Er tätschelt den Kolben seiner Waffe.

– ...Inzwischen schieße ich ebenfalls mit Blei auf sie... Warnung mit Salz und danach Blei.

Ich schüttle den Kopf.

– Die wollten auf Sie schießen?

– Gestern mittag noch... Zwei Typen, das heißt, vor allem einer...

Er dreht sich zu mir um.

– Ungefähr deine Größe, Stinkstiefel... Also, der eine springt über den Bach. Ich ziele ein erstes Mal in die Luft, und er erwidert das Feuer, ein einziger Schuß. Danach ist er aufgestanden und hat mich um Gnade gebeten. Ich habe ihn abziehen lassen, den Feigling!

Ich kapiere, daß er von mir spricht. Aber wenn er in die Luft geschossen hat, warum habe ich dann die erste Kugel pfeifen hören? Und außerdem behauptet er, daß man auch auf ihn geschossen hat. Ich war nicht einmal bewaffnet und René-Charles ebensowenig. Also?

Das verdrießt meinen Verstand.

– Sehr interessant, was Sie da sagen, Vater Pancrace, und ich bin bereit, schwarz auf weiß niederzuschreiben, daß man Sie töten wollte.

Ich seufze.

– Für ein paar Morgen Wein getötet zu werden!

Er sieht mich geringschätzig an.

– Du kannst ruhig schreiben, daß ein echter Winzer sich für seinen Weinberg töten läßt.

Ich leere den Rachenputzer mit einem Zug und verkünde:

– Zugegeben, man kann ihn verstehen, wenn man das hier trinkt!

Er lächelt mir freundschaftlich zu, weil er meine feine Anspielung des zweiten oder möglicherweise sogar des dritten Grades nicht verstanden hat. Der ist es vor allem, der Grad, der sorgt für den Unterschied zwischen dem Bauern und uns, den Stadtmenschen. Nehmen Sie mich zum Beispiel. Ich liebe den geistreichen Scherz: ein Hauch englischen Humors, gewürzt mit einer Prise Pied-noir-Realismus, und das bereitet den Leuten, die ich zum lachen bringen will, oft Probleme, besonders den Frauen. Versteh einer, warum!

Ich nehme meine Reportertasche, reiche dem Alten die Hand.

– Ich werde bald wieder bei Ihnen reinschauen, Vater Pancrace, falls meine Vorgesetzten mir erlauben, noch ein wenig in der Gegend zu bleiben.

Ich weiß schon, daß ich wiederkommen werde, weil ich hier meine Mission erfüllen muß, ganz psychologisch, sanft, auf die vertrauliche Tour.

Der Winzer schultert sein Gewehr.

– Ich bring' dich zum Tor.

Am Weinberg entlang gehen wir zur Straße hinunter und nähern uns dem alten Olivenbaum, der dem Gelände als Grenzmarke dient.

– Siehst du diesen Baum, Stinkstiefel?... Den hat der Großvater von Lamongie senior bereits gekannt... Und das ist nun das Ergebnis. Der Sohn verläßt den Betrieb und verkauft an die Weinbergdiebe... Ein Unglück!

Er bleibt plötzlich stehen, packt mich am Arm.

– Sie sind da!

– Wer?

– Die Weinbergdiebe, die Kerls, die Killer...

Erstaunlich rasch für einen Mann in seinem Alter nimmt er das Gewehr von der Schulter und entsichert es. Er feuert seine beiden Schüsse in Richtung eines Gestrüpps, aus dem eine zierliche Gestalt auftaucht und in Windeseile zum Ausgang des Gutes flieht... Ein Halbwüchsiger, vielleicht der Dorftrottel; grotesk, wie er auf seinen O-Beinen davonrennt...

– Lauf ihm nach, Stinkstiefel, sagt der Winzer zu mir und versetzt mir einen Stoß in den Rücken.

Ich stürze los, nicht zu schnell, gerade so, daß ich das Geknatter eines startenden Motorrads höre und das Tor erreiche, als es hinter der ersten Kurve in Richtung Dorf verschwindet.

* * *

Ich komme auf die nun wieder ausgestorbene Straße. Der alte Winzer folgt mir auf dem Fuß, das Gewehr nach vorn gerichtet.

– Nun?

– Nichts... Ein Motorrad hat gewartet. Der Kerl ist entkommen.

Pancrace Bézaudun streichelt den Schaft seiner Flinte mit den Doppelläufen.

– Er wird wiederkommen und dann stelle ich ihm eine Falle. Verlaß dich auf mich, Stinkstiefel, ich werde ihn nicht verfehlen.

Er zeigt auf den Lancia Zagato, der gegenüber parkt. Ein Gebrauchtwagen, den ich bei Daniel Ben Sussan gekauft habe. Das ist einer meiner Freunde, der an der Westausfahrt von Nizza einen Gebrauchtwagenhandel hat. Bei ihm findet man nur Klassematerial mit blitzender Karosserie, Chrom, Vier-, Sechs-, ja Achtklanghörnern, speziellen Auspufftöpfen, zusätzlichen Scheinwerfern, Aufklebern und für Freunde und gute Kunden sogar mit einem Motor, der es länger als tausend Kilometer tut.

– Ist das dein Wagen, fragt er mich.

– Ja.

– Na dann, du hast 'n Platten.

Ich überquere die Fahrbahn und sehe mir den Lancia an, der links über zwei platten Reifen hängt. Ich gehe um ihn herum, schon mit Herzklopfen, aber die rechte Seite ist glücklicherweise intakt. Ein Problem stellt sich trotzdem.

– Ich habe nämlich nur einen Reservereifen, sage ich.

Der Alte lacht hämisch.

– Geh ins Dorf runter und bitte Félicien, daß er die Panne behebt.

– Félicien?

– Der Automechaniker von Cantaron... Er ist außerdem mein Schwiegersohn...

Er feixt.

– ... Besser er als ich, denn Irénée ist genauso ein sauberes Früchtchen wie ihre Mutter!

– Ihre Gattin?

Er macht sich steif, starrt mich durchdringend an.

– Norine, ja... Aber eins laß dir gesagt sein, Stinkstiefel... Wenn wir Kumpels bleiben wollen, erwähne diesen Namen in meiner Gegenwart nie.

– Verstanden, Vater Pancrace.

Er streicht seinen Schnurrbart glatt, bevor er erklärt:

– Ich weiß nicht, warum, aber ich habe so was wie Vertrauen zu dir.

Er wendet sich dem Grundstück zu.

– Sie halten sich für die Stärkeren, aber ich habe meine Vorsichtsmaßnahmen getroffen.

Er hängt sich die Waffe wieder über die Schulter, dreht sich auf dem Absatz um und entfernt sich ohne ein weiteres Wort.

Plötzlich habe ich idiotische Angst um diesen Alten, den ich in seinem Weinberg verschwinden sehe...

Der Lancia Zagato hängt wirklich nach links über. Ich bücke mich und habe rasch die Stellen ausgemacht, wo die Stilettthiebe meine Reifen zerstochen haben. Der Wagen ist reif für eine komplette Erneuerung. Das Ganze sieht nämlich nicht sehr reparabel aus, und die Reifen rechts sind auch schon fast abgefahren...

Ich halte Ausschau nach dem Dorf; es liegt etwas weiter unten in ungefähr zwei Kilometer Entfernung. Das wird bitter, vor allem bei der heißen Sonne, die mitten am Himmel steht... Das macht Durst!

Vierter Akt

In dem der Held die Tochter des Winzers kennenlernt, die ihn über die Eheprobleme ihres Vaters ins Bild setzt, ihm zu verstehen gibt, daß sie vom Temperament ihrer Mutter durchaus etwas geerbt hat, und ihn darüber hinaus belehrt, daß sie persönlich keinerlei Anrecht auf die berüchtigte Weinbauparzelle hat, die Gegenstand so vieler Begehrlichkeiten ist.

Ich brauche eine gute Dreiviertelstunde, um die zwei Kilometer zurückzulegen. Das Augenmaß muß mich getrogen haben, denn die Strecke stellt sich schließlich als erheblich länger heraus. Zwei Dutzend Wagen (darunter ein Postauto), verschiedene Lastwagen und Traktoren haben mich überholt, aber ich habe nichts unternommen, um sie anzuhalten. Im Gegenteil, ich habe sie ignoriert in der Erwartung, daß ein Kabriolett mit einer Platinblonden am Steuer neben mir bremst... Na ja, vielleicht ein andermal.

Endlich erreiche ich den Schatten der ersten Platane und komme langsam wieder zu Atem. Em Ende der Straße der Platz und sein Brunnen mit den vier Wasserspeiern wie in jedem Dorf, das auf sich hält. Das vermittelt einen Anschein von Gelassenheit und Ruhe, sogar auf diesem Platz, auf den sich alle geschäftlichen und wirtschaftlichen Aktivitäten des Dorfs zu konzentrieren scheinen: Bäcker, Lebensmittelhändler, Metzger, Bistro-Zigaretten-Lotto-Pferdetoto-Pressehaus und ganz hinten der Kraftfahrzeugbetrieb von Cantaron, eine Werkstatt mit Tankstelle, sehr *eklektisch*, weil sie verkündet: »Verkauf aller Marken, neu und gebraucht, Zubehörteile, mechanische Reparaturen, Blechteile, Taxi...«

Ohne Hast, das heißt nach meiner Art, gehe ich darauf zu

und betrete die Werkstatt. Dabei passe ich auf, daß ich nirgendwo anstoße. Wenn man nämlich in so einer Garage irgend etwas berührt, beschmutzt man sich mit Fett. Man braucht sich ja nur die Automechaniker anzusehen. Immer sind sie fettverschmiert, sogar die in der Glotze, die für das Waschmittel gegen sämtliche Flecken Reklame machen.

Ich rufe, anfangs unaufdringlich:

– Ist da jemand?

Als niemand antwortet, versuche ich es eine Oktave höher:

– Ist da jemand?

– Komm' ja schon, antwortet mir eine Gestalt und kriecht mühsam rückwärts unter einem Wagen hervor, dessen Motorhaube offensteht wie bei einem Herzoperierten die Brust.

Ich befinde mich mitten in einem Kriminalfilm; ich meine die Sorte, in der der Automechaniker grundsätzlich unter einem Fahrzeug hervorkriecht, um dem Detektiv zu antworten. Manchmal, wenn er zu gut antwortet, hat er es sogar mit einem Bösewicht zu tun, der anschließend hingeht, den Wagenheber löst und das Auto auf den Schwätzer herunterfallen läßt[3].

Der Mann, der vor mir steht, ist groß und dick. Er hat dichtes Haar und trägt einen herabhängenden Schnauzbart sowie eine Mechanikermontur, natürlich verdreckt. In der Hand hält er einen Engländer, den er jetzt in eine seiner Taschen schiebt. Aus einer anderen zieht er ein schmieriges Tuch und wischt sich ab.

– Monsieur? fragt er mich.

– Ich habe Probleme... Man hat mir die Reifen zerstochen.

– Und wo stehen Sie?

– Ein Stück weiter oben an der Straße, genau gegenüber dem Clos des Mauves.

Der Mechaniker runzelt die Brauen.

– Kommen Sie von der Niçoise?

Ich lächle mein sympathisches Lächeln.

– Ich bin Journalist, wirklich nur Journalist...

– Und wer hat Ihnen dann die Reifen zerstochen?

– Wenn ich das wüßte...

Er schüttelt mehrmals den Kopf und ruft dann mit lauter, etwas schriller Stimme, die zu so einem kräftigen Mann nicht paßt:

– Manuel...

Ein etwa fünfzehnjähriger Junge erscheint.

– Manuel, nimm zwei Wagenheber, pack sie auf den Lieferwagen und sieh zu, was du für die Reifen von Monsieur tun kannst...

– Wo sind sie?

– Genau gegenüber dem Clos des Mauves, sage ich und gebe ihm die Schlüssel. Ein Lancia Zagato...

Beiden fällt vor Bewunderung die Klappe herunter... Hier an der Côte und vor allem in Automechanikerkreisen trifft man viele, die italienische Autos bewundern, Fiat natürlich ausgenommen. Der genießt keinen besonderen Ruf, schon gar nicht, wenn es darum geht, Eindruck zu schinden!

Der Junge läßt sich hinter dem Lenker einer dreirädrigen Vespa nieder. Nach mehrmaligem Anlassen startet er und setzt dabei eine gewaltige gelbliche Wolke frei, die eine Weile am Boden steht, als ob sie klebte.

Der Automechaniker wischt sich immer noch die Hände an seinem Tuch ab.

– Da sind Sie also Journalist und interessieren sich einfach so für den Clos des Mauves?

– In dem Maße, wie es nötig ist, um den kleinen Mann zu verteidigen, dem die multinationalen Gesellschaften im Verein mit den Kapitalisten so sehr zusetzen...

– Schreiben Sie für den *Patriote*?

– Nein, wir sitzen in Paris, aber meine Zeitung hat für Spekulanten genausowenig übrig.

Um mich einzuschmeicheln, heuchle ich mit harmloser Miene Interesse an den alten Reifen, an dem Wagen, unter dem der Mechaniker bei meiner Ankunft gearbeitet hat, an der Werbung für alle möglichen Batterien und Kerzen, die an den Wänden auf Plakaten prangt, und nähere mich dann dem

Raum, der wohl das Verwaltungszentrum darstellen soll; ein kleiner Glaskäfig, hingepflanzt wie eine Warze auf der Nase eines Filmstars. In diesem Käfig sitzt eine Frau an einem Schreibtisch. Sie ertrinkt fast in Papierkram und bedient gerade eine alte Olivetti-Rechenmaschine, die fast genausoviel Krach macht wie die dreirädrige Vespa.

– Ihre Frau? frage ich den Mechaniker.

Er mustert mich verkrampft, und ich entdecke in seinen Augen den Funken des Zweifels, den ich schon von den meisten meiner üblichen Klienten her kenne, jenen nämlich, die mich für den Beweis bezahlen, daß sie tatsächlich Hörner aus erster Hand tragen.

– Ja, natürlich, antwortet er... Das ist Irénée.

– Irénée Bézaudun, ergänze ich. Die Tochter von Pancrace Bézaudun, dem Mann, der dem Druck der Niçoise standhält.

– Woher wissen Sie das?

– Ich bin Journalist, antworte ich mit verschmitztem Lächeln. Und außerdem hat Vater Pancrace mir gesagt, daß Sie sein Schwiegersohn sind. Da gab es nur eine logische Schlußfolgerung: Ihre Frau ist seine Tochter!

Der Mechaniker ist sprachlos. Man sieht, daß er den Umgang mit Leuten meines Schlages nicht gewohnt ist, mit Männern also, deren Gehirn auf der Stelle anspringt, sobald ein Intellektuellenproblem in Angriff zu nehmen ist.

Er geht zu der Glaskabine und öffnet die Tür.

– Irénée, ruft er. Hier ist ein Journalist, den dein Vater geschickt hat. Er möchte dich gern für seine Zeitung befragen.

Die Frau erhebt sich und bringt ihr Haar in Form, bevor sie zu uns kommt. Sie trägt einen nicht besonders kleidsamen grauen Kittel, zu groß für sie und bis zum Hals zugeknöpft; vielleicht um sich nicht zu beschmutzen, wahrscheinlicher aber auf Anraten ihres Mannes, der sie auf diese Weise vor Zudringlichkeiten schützen will.

– Monsieur, begrüßt sie mich mit geschäftlichem Lächeln.

– Frankie-Pat Puntacavallo...

Wir schütteln uns die Hand vor ihrem Mann, der nicht so aussieht, als schätze er Besucherandrang.

– Sie nehmen doch einen Aperitif, Monsieur Puntacavallo? fragt mich Irénée Langelier, geborene Bézaudun, Gattin des hier anwesenden Automechanikers und Tochter von Vater Pancrace, dem Mann, den ich überreden soll, seinen Weinberg an die Niçoise du Sol zu verkaufen.

Komisch, aber plötzlich fühle ich mich unwohl, fast so, als schämte ich mich für mein Tun. Ich muß an Humphrey Bogart denken. Der ist stets gut oder böse gewesen, aber nie ein Schuft, und deswegen ist er ein Held geworden.

* * *

In der Zweizimmerwohnung mit Küche, die über der Werkstatt liegt (sozusagen eine Dienstwohnung), haben wir uns alle drei im Eßzimmer um den Aperitif versammelt; Pastis und Käsegebäck, etwas altbacken, wenn ich ehrlich sein soll, aber gut, noch nicht völlig ranzig.

Jetzt, wo wir oben sind, in einem hellen Zimmer und bei Sonnenschein, der durch zwei Fenster hereinflutet, kann ich Irénée Bézaudun genauer studieren. Außerdem hat sie ihren grauen Leinenkittel abgelegt, was die Situation beträchtlich verändert.

Sie stellt jetzt dar, was man üblicherweise eine schöne Frau von vierzig Jahren nennt. Nicht zu groß, aber wohlgeformt, äußerst ansehnlich um Hüften und Brust. Und dazu ein Gesicht mit genau den richtigen Rundungen, die Unterlippe sinnlich, schwellend; dunkle, stark malvenfarben umrandete Augen.

»Ein verlangender Blick«, wie man bei uns sagt. (Und die Kenner meiner Bücher wissen, was er verlangt…) Aber wir sind schließlich nicht hier, um uns lang und breit darüber auszulassen, wie man den Augenausdruck von Automechanikersfrauen zu verstehen hat.

– Man kann nicht sagen, daß Ihr Vater auf den ersten Blick besonders liebenswürdig ist, sage ich zu Irénée.

Sie lächelt.
– Dazu muß man wissen, daß die Leute von der Niçoise nicht gerade rücksichtsvoll mit ihm umgehen…
Der Mechaniker hebt sein Glas, um anzustoßen. Wir stoßen an, und er tut seine Meinung kund.
– Das ist alles die Schuld von Lamongie junior… Ich sage, er hatte kein Recht, diesen Besitz zu verkaufen, den er von seinem Vater geerbt hat, und der wiederum von seinem, und so könnte man noch lange weitermachen.
Die Tochter Bézaudun zuckt die Achseln, was ihre Brüste hochrutschen läßt; a priori eine natürliche und banale Bewegung, die aber gewiß häufig den Adrenalinspiegel ihrer männlichen Gesprächspartner angehoben hat. Ich bin natürlich an so etwas gewöhnt und bleibe Herr meiner Nebennieren.
– Lamongie junior hat das Recht, mit seinem Gelände zu machen, was er will, sagt sie. Was ich allerdings nicht richtig finde, ist, daß er meinen Vater zwingen will, es genauso zu machen, auf seine Rechte zu verzichten…
– An die Niçoise zu verkaufen.
– Nein, nur auf seine Rechte zu verzichten. Das Stück Land, auf dem er sitzt in dem Gut, gehört ihm nämlich nicht.
Ich gerate ins Schwimmen bei den Komplikationen über Verwaltungsfragen, notarielle Probleme und Katasteramtsangelegenheiten; deshalb markiere ich den, der gern eine ergänzende Stellungnahme hätte. Sie versteht und erklärt:
– Vor seinem Tod hat der alte Lamongie meinem Vater das lebenslange Nutzungsrecht an einem kleinen Teil des Gutes übertragen, eine Art Nießbrauch, der notariell beglaubigt wurde… Also kann der Sohn den ganzen Besitz verkaufen, und das hat er auch getan. Er hat aber keinen Zugriff auf den Bézaudun-Weinberg, und die neuen Besitzer müssen sich mit meinem Vater abfinden, wenn er nicht auf sein Recht verzichten will… Dann müssen sie warten, bis er stirbt.
Jetzt blicke ich durch: Hubert Lamongie, der Erbe des Clos des Mauves, hat das Gut als Ganzes verkauft, wie es sein Recht war. Damit hat er aber gleichzeitig der Niçoise du Sol auch

Vater Pancrace abgetreten. Und das dürfte ein ernsthaftes Handicap für die Verwirklichung des Programms sein. Bei einem solchen Fanatiker mitten auf dem Gelände mit dem Bauen anzufangen, ist schließlich nicht sonderlich werbewirksam!

– Sie müssen verstehen, sagt Irénée. Uns bringt das sowieso nichts ein, weil wir nicht erben. Also können wir darüber ganz offen reden.

– Klar...

Sie zögert, sieht ihren Gatten an, der mit einer leichten Kopfbewegung im voraus zustimmt.

– Trotzdem haben die Leute von der Niçoise mich mehrfach bedrängt und sind sogar soweit gegangen, mir Geld zu versprechen, wenn ich meinen Vater überreden könnte, sein Stück Land zu verlassen...

– Und was haben Sie getan? frage ich.

– Ich habe es selbstverständlich abgelehnt... Mein Vater hat immer auf dem Clos des Mauves gewohnt, da wird er doch jetzt nicht weggehen und sich anderswo ein Zuhause suchen!

– Wie alt ist er? erkundige ich mich.

Sie blickt zur Decke auf und denkt nach.

– Über 71... Aber er ist hart wie ein Felsen, und wenn die von der Niçoise mit dem Baubeginn warten, bis er unter der Erde ist, werden sie die Grundmauern so bald nicht errichten.

Ich erinnere mich an die geheimnisvollen Schüsse von gestern mittag, an diesen Halbwüchsigen, den Vater Pancrace in meinem Beisein aufgescheucht hat wie eine Wachtel und der bestimmt der Komplize der Typen war, die meine Reifen zerstochen haben. Ich frage mich außerdem, ob Brunel fähig wäre, Killer anzuheuern, um den alten Winzer zu beseitigen... Das wäre kein besonders schlauer Schachzug, denn die Bullen würden auf direktem Weg zur Azuréenne marschieren... Also ist es der Versuch, ihn zu erschrecken, vielleicht einen Kontrapunkt zu meinen Bemühungen zu setzen. Ich das Zuckerbrot, sie die Peitsche...

– Ich hätte gern ein paar Auskünfte, sage ich mit einer

Miene, als ob ich kein Wässerchen trüben könnte, und füge hinzu: Falls es Sie nicht stört.

Irénée beehrt mich mit einem Lächeln, das mir Schauer über die Wirbelsäule jagt. Dann sieht sie ihren Gatten an. Der leert sein Glas, wischt sich mit dem Handrücken die Lippen ab, steht auf und verkündet:

– Ich muß den 203 fertigmachen. Für Fillichini…

Irénée heftet ihren Blick auf mich.

– Also dann, haben Sie vielen Dank, murmele ich.

– Aber nein, bleiben Sie ruhig hier, sagt der Mechaniker. Warten Sie, bis Manuel nachgesehen hat, was wir mit Ihren Reifen machen. Danach wird er Sie mit der Vespa zurückbringen.

Nach einem schiefen Blick auf seine Gattin verschwindet er auf der Treppe, die zur Werkstatt hinunterführt. Irénée scheint es zu begrüßen, daß sie jetzt mit mir allein ist. Wie unabsichtlich, rein mechanisch, ohne darauf zu achten, macht sie einen weiteren Knopf an ihrer Bluse auf.

– Und was wollten Sie mich fragen, Monsieur Puntacavallo?

Ihre Stimme ist honigsüß geworden, und als sie mir die Frage stellt, weiß ich nicht mehr so genau, was ich im Kopf hatte. Ich bin fast gezwungen, mir selbst eine leichte Gehirnwäsche zu verpassen, um inmitten all dieser neuen Ideen, die da auftauchen, den roten Faden wiederzufinden.

– Vorhin auf dem Gut habe ich versucht, Einzelheiten aus dem Leben Ihres Vaters zu erfahren, um meinen Artikel zu vertiefen, und er ist aufgebraust, als ich die Frage nach der Familie angeschnitten habe, besonders nach seiner Frau… Ihre Mutter zweifellos.

– Mama…

Irénée zieht ein komisches Gesicht.

– Mama ist das Drama seines Lebens… Es ist 1950 passiert, vor dreißig Jahren… Ich war noch ein kleines Ding, aber ich erinnere mich daran. Oder sagen wir besser, ich habe erst später richtig begriffen, was sich da abgespielt hat…

Sie hat immer noch ihr besonderes Lächeln und fährt sich mit der Zungenspitze über die Lippen, um sie anzufeuchten.

– Es ist eine ganz einfache, alltägliche Geschichte... Eine echte, große Neuauflage des Films *Die Frau des Bäckers*, mit dem Unterschied, daß mein Vater Winzer war und Mama nie zurückgekommen ist...

– Und...

– Wir haben sie nie wiedergesehen, weder sie, noch den Mann, mit dem sie durchgebrannt ist, ein italienischer Saisonarbeiter, der zur Weinlese hier war. Natürlich erging es meinem Vater nicht wie dem Schauspieler Raimu, und kein Mensch im Dorf hat ihm geholfen, seine Frau wiederzufinden... Mich hat man bei einer Tante untergebracht, und später, als ich alt genug war, zu verstehen, habe ich verstanden, daß das Dorf auf Mamas Seite gewesen ist. Manche, sicher die Mißgünstigen, haben gesagt, sie hätte schon viel früher gehen sollen...

Ich weiß nicht recht, was ich antworten soll. Irénée lächelt beharrlich weiter, und ich denke, wenn ihre Mutter die landwirtschaftlichen Saisonarbeiter im Clos des Mauves auf diese Weise angelächelt hat, ist es tatsächlich erstaunlich, daß sie nicht früher durchgebrannt ist.

– Noch einen Pastis, Monsieur Puntacavallo?

– Vielleicht ein Tröpfchen, nur ein Tröpfchen...

Sie hat ein kurzes kehliges Lachen und kommt um den Tisch herum, um mir einzuschenken. Nicht mein Glas geht zur Flasche, sondern die Flasche kommt zu ihm. Ich bin einem etwas herben Parfum ausgesetzt, und mir geht beinahe die Luft aus, als ich einen harmlosen Blick auf ihre Bluse werfe, an der schon wieder ein Knopf aus seinem Knopfloch geschlüpft ist. Ein oder zwei, vielleicht auch drei dürften ganz unten noch übrig sein. Ich habe einen unverbaubaren Blick auf eine Brust, die in einem weitausgeschnittenen Büstenhalter wie auf dem Präsentierteller liegt... Milchweiße Haut mit kleinen Sommersprossen.

– Die dreifache Portion Wasser? fragt sie mich.

– Ja, die dreifache, antworte ich, ganz bewegt vom Reichtum ihres Wortschatzes.

Sie läßt einen Eiswürfel in den Pastis fallen, schüttet das Wasser nach, bleibt ganz dicht neben mir und beobachtet aufmerksam meine Art zu schlürfen, etwa so wie eine Mama, die zusieht, wie ihr Kleinkind eine Tasse Suppe trinkt... Sie streckt die Hand vor, streicht über das feine Leder meiner Jacke.

– Hübsch, sagt sie und dreht sich so, daß ihre Brust ein wenig über meinen linken Arm spaziert.

– Ihre Bluse ist aber auch sehr hübsch, sage ich und mache Anstalten, mit den Fingern auf ihren Ausschnitt zuzuwandern.

– Fast reine Seide, säuselt sie mir zu.

Da ich noch zögere, windet sie sich ein wenig, fährt wieder mit der Zunge über ihre Lippen und ermutigt mich:

– Ich will wirklich nicht aufschneiden, Sie können sich überzeugen!

Diesmal spiele ich mit, und meine Hand stößt wirklich vor, um diese Naturseide zu betasten. Leider habe ich darüber vergessen, daß ich das Glas noch hielt, und hoppla, schon macht sich der kleine Eiswürfel selbständig und fällt in das Dekolleté der schönen Automechanikersfrau, genau zwischen die Brüste. Sie macht: »Hi, hi!« und sieht mich an, immer noch bemüht zu lächeln.

– Holen Sie mir das heraus, Frankie...

Ich drehe mich um, setze mein Glas ab und...

– Ihre Reifen sind gleich fertig, Monsieur Puntacavallo! ruft der Mechaniker unten von der Treppe, die er schwerfällig zu erklimmen beginnt.

Sofort wird Irénée von einer Art Schluckauf befallen, der den Eiswürfel noch tiefer in ihre Kleidung rutschen läßt. Sie versucht weiterhin zu lächeln, aber es scheint ihr immer schwerer zu fallen. Endlich faßt sie sich und fördert zutage, was von dem Eiswürfel übriggeblieben ist.

– Können wir den Artikel lesen, den Sie über meinen Vater

schreiben werden? fragt sie mich und wendet der Treppe den Rücken zu, damit sie Zeit hat, sich wieder in Ordnung zu bringen, bevor ihr Gatte oben ist.

Er taucht auf, strahlt, wischt sich die Hände an seinem schmutzigen Lappen ab.

– Manuel hat Flicken draufgesetzt... Bis zur Stadt werden sie halten. Hier habe ich ohnehin keine passenden Reifen für Sie...

– Es wird gehen, sage ich, und zu Irénée gewandt:

– Selbstverständlich können Sie meinen Artikel lesen, aber ich arbeite für ein Pariser Monatsblatt, und bis das erscheint...

– Wir werden uns gedulden.

Ich merke, daß sie einen Trick sucht, um mich wiederzusehen, und wenn diese Art Frauen diese Art Tricks sucht, dann werden sie auch fündig.

– Ich werde Ihnen die Fotos schicken, sagt sie zu mir. Dann, für ihren Gatten bestimmt, dem vor lauter Mißtrauen die Augenbrauen zu Berge stehen: Monsieur Puntacavallo möchte seinen Artikel gern mit Fotos von dem Gut illustrieren, als dort noch die Weinlese stattfand.

Der Automechaniker verzieht das Gesicht.

– Das könnte alte Wunden aufreißen, besonders bei deinem Vater.

– Er liest doch nie die Zeitung, also!

– Trotzdem...

Ich ahne, daß es eine geheime Komplizenschaft zwischen dem Automechaniker und seinem Schwiegervater gibt, mehr noch, eine Art Waffenbruderschaft, zweifellos die der *cornutos*.

Aber es ist durchaus Irénée, die hier die Hosen anhat, denn sie bittet mich, morgen vorbeizukommen und die Fotos abzuholen.

– Am liebsten nachmittags, flüstert sie mir ins Ohr, als ich ihr die Hand schüttle.

Fünfter Akt

In dem der Held, nachdem er erst das Tagesgericht im Café des cols bleus *verpaßt und dann beschlossen hat, diesen Fall nicht weiterzuverfolgen, sein Demissionsgesuch nicht präsentieren kann, sondern statt dessen eine gründliche Abreibung einstekken muß, deren Zweck ihm nicht so recht einleuchtet.*

Als ich mich im *Café des cols bleus* niedergelassen habe, um dort zu Mittag zu essen, war das Tagesgericht ausgegangen und ich mußte mich mit einem Schinkenrührei begnügen oder besser, mit einem Ei auf gekochtem Schinken, das der Chef *baicône* getauft hat. Ich habe natürlich versucht, ihm zu erklären, daß gekochter Schinken und Bacon genauso weit voneinander entfernt sind wie Pastis und Mandelmilch. Seine Antwort war das verächtliche Lächeln des professionellen Wirtes angesichts eines Gastes, der glaubt, etwas vom Essen zu verstehen; es grenzte schon fast an Erpressung.

– Hör mal, Frankie... Wir sind hier im Hafen von Nizza, und hier ist *baicône* so und nicht anders. Wenn du lieber *fast food* bei den Engländern essen willst, bitte sehr, niemand hindert dich daran. Aber ich möchte doch bezweifeln, ob du bei denen einen Stockfisch findest, wie ich ihn für morgen als Tagesgericht vorgesehen habe.

Er kennt meine Leidenschaft für Stockfisch und weiß, daß seine Ankündigung jeder Reklamation den Wind aus den Segeln nimmt. Und prompt gehe ich hin und flehe ihn beinahe an, mir unter allen Umständen eine Portion davon zu verwahren. Tolerant, großzügig und keineswegs nachtragend, sagt er sogar ja.

Ich tunke also nachdenklich mein Brot in die Sauce und versuche, die Affäre auf den Punkt zu bringen. Ich glaube, die wichtigste Neuigkeit liegt in der Tatsache, daß Vater Pancrace nicht der Besitzer seines Landes ist. Er hat lediglich die Nutzungsrechte bis zu seinem Tod, was der Baugesellschaft Azuréenne eine ausgesprochen häßliche Lösung nahelegen könnte... Ist der alte Bézaudun tot, erlischt das Nutzungsrecht automatisch und das Gelände ist reif für den Baggerzahn. Ähnlich wie bei der Leibrente, diesem typisch französischen Verkaufsmodell, das anständige Leute, Familienväter, die keiner Fliege etwas zu Leide tun könnten, dazu zwingt, in Gedanken zu Mördern zu werden, zu potentiellen Killern, die jedesmal auf den Tod eines Unschuldigen hoffen, wenn sie dessen monatlichen Scheck unterzeichnen. Nur daß ein Einzelner selten den Gedanken in die Tat umsetzt, eine große Immobilienfirma dagegen... Aber Monsieur Brunel hat mich engagiert, damit ich den alten Winzer überrede, nicht, damit ich ihn um die Ecke bringe...

Weshalb dann die Schüsse und die Unbekannten, die meine Reifen zerstochen haben?

– Ißt du oder läßt du abkühlen? fragt mich Gisou, die am Nebentisch sitzt.

– Ich esse.

– Warum spießt du dann seit fünf Minuten mit der Gabel die Luft auf, ohne einen Bissen zu dir zu nehmen?

– Weil ich nachdenke...

Sie lächelt, trinkt einen Schluck von ihrem Tee mit Zitrone und beschäftigt sich weiter mit ihrer Abrechnung.

– Ein guter Tag? frage ich sie aus Höflichkeit.

– Bei der Sonne verzehnfacht sich die Kundschaft fast... Außerdem ist der Monat noch keine Woche alt, da leben die Kunden noch nicht auf Kredit.

Dazu müssen Sie wissen, daß Gisou garantiert die einzige Strichbiene am Ort ist, die einem Teil ihrer Kundschaft Kredit einräumt. Sie verlangt lediglich Zinsen, ähnlich wie sie die Sparkasse auf Sparbücher auszahlt, und das ist nur logisch. Schließlich sind die Vorteile, die sie bietet, erheblich verlockender als die der altehrwürdigen Institution.

Ich verspeise die Eier.

– Hast du René-Charles heute schon gesehen? frage ich sie.

– Nein, weder heute morgen, als ich herkam, noch zum Mittagessen...

Sie beugt sich ein wenig vor.

– Sieht so aus, als hätte er ein ordentliches Techtelmechtel mit der kleinen Eurasierin, die ihren Massagesalon neben euren Büros aufgemacht hat.

– Er trinkt manchmal einen Kaffee bei ihr, aber von daher gleich zu schließen... Warum, du bist doch wohl nicht eifersüchtig?

Gisou zuckt die Achseln.

– Eifersüchtig auf René-Charles, daß ich nicht lache... Die Kleine soll bloß nicht versuchen, mir einen Teil der Kundschaft wegzunehmen. Massage entspannt nämlich auch, wenn sie gut gemacht wird.

– Du brauchst dich nicht aufzuregen, Gisou... Sie ist vor allem am Rentner interessiert, du dagegen bist eine echte Spezialistin für den Docker an seinem Arbeitsplatz. Es besteht keine Gefahr, daß ihr in Konkurrenz tretet, weil eure Produkte in unterschiedliche Marktlücken stoßen...

Sie betrachtet mich, trinkt ihren Tee aus, zündet sich eine Zigarette an. Nachdem sie ein paar Sekunden schweigend geraucht hat, erklärt sie mir:

– Der Asiate, Frankie... Der Asiate, vor dem muß man sich hüten. Sie haben klein angefangen, und jetzt sitzen sie in der Fotobranche, bei HiFi-Kram, T-Shirts und sogar mit ihren Autos fest im Sattel... Und in Paris sieht es so aus, als nähmen sie auch das Hotel- und Gaststättengewerbe in Angriff. Warum also nicht den Beischlafsektor!

Sie spaßt mit sich selbst.

– Was mich betrifft, ich habe nichts zu befürchten, weil ich Liebe bei hellem Sonnenschein anbiete, naturverbunden und nicht schamhaft in einem dunklen Zimmer... A propos, Frankie, was hast du für Sonntagnachmittag vor?

– Weiß ich noch nicht...

Es stimmt wirklich, daß ich es noch nicht weiß. Wenn man ein Gewerbe wie das meine betreibt, in dem manchmal alles von einer Stunde zur anderen umkippt, kann man nicht mehrere Tage im voraus planen... Intelligenzbestien nennen so etwas *Imponderabilität*, glaube ich.

– Also, wenn du nichts Besseres zu tun hast, komm nach Cagnes. Das Harmonieorchester hält eine Parade ab. Wir haben unsere neuen Uniformen bekommen, und du kannst mir glauben, die hauen dich um.

Außerhalb ihrer rein professionellen Aktivitäten ist Gisou auch Hauptmann der Majoretten des Harmonieorchesters der Fröhlichen Hochseefischer in Cagnes-sur-Mer. Sie marschiert stets an der Spitze von drei oder vier Dutzend niedlichen jungen Mädchen in kurzen Röcken. Auch sie trägt übrigens so einen Lendenschurz, dazu ein Westchen mit Kupferknöpfen und einen Tschako, wie die Soldaten vor dem Ersten Weltkrieg.

Bei ihrem vorteilhaften Äußeren macht das wirklich etwas her. Man wartet ständig darauf, daß die Knöpfe ihrer Weste sagen »Wir geben dem Druck nach« und daß ihre Brust »Guten Tag, ihr lieben Kinder« spielt... Ihre Art, den Stab zu schwingen, ist dagegen unerreicht. Da kann ihr keine das Wasser reichen, nicht einmal die Vorsitzende der Majoretten des Ortsvereins der Gemüsegärtner, obwohl die am Halbfinale der französischen Meisterschaften teilgenommen hat. Aber Gisou strebt weder nach Ruhm noch nach Wettbewerben. Sie hat sie gern, ihre Mädchen, wie sie sie nennt, und umgekehrt ist es genauso. Das genügt ihr...

– Nun, Frankie, wirst du kommen?

– Versprochen, Gisou, wenn ich Zeit habe...

Und ich bin ziemlich sicher, daß ich Zeit haben werde. Der Auftrag, den mir der Chef der Baugesellschaft Azuréenne gegeben hat, schmeckt mir nämlich immer weniger. *In einer einzigen Sekunde steht mein Entschluß fest*. Ich werde ihm seinen Vorschuß zurückbringen und ihm sagen, daß ich verzichte, daß er sich sonstwo einen Peiniger für den alten Winzer suchen soll... Komisch, aber seit meiner Entscheidung kann ich plötzlich freier atmen.

* * *

Ich bin zu Hause vorbeigegangen, um mich umzuziehen, und habe mein sportliches Outfit gegen einen metallisch blauen Alpakaanzug eingetauscht, ein Geburtstagsgeschenk von Mama. Dazu ein lachsfarbenes Hemd mit weißem Kragen, eine gelbschwarzgestreifte Klubkrawatte, zierliche italienische Schuhe mit goldenen Schnallen, und ich brauche mich nicht zu schämen, als ich mich flotten Schritts zum Gebäude der Azuréenne begebe.

Jetzt, am Nachmittag ist kein amerikanischer Pseudobulle da, nur zwei oder drei ausgesprochen gutgebaute Empfangsdamen. Sie tragen Uniform, etwas, das einen auf den Gedanken bringen könnte, zur Armee zu gehen, wenn man nur die Gewißheit hätte, dort ebenso hübsche Teile zu finden wie diese.

Ich sehe sie mir einen Augenblick träumerisch an. Ich schwanke zwischen der Brünetten und der Blonden. Die dritte ist rothaarig, und von Gisou abgesehen, die ich gut kenne, bin ich immer noch mißtrauisch bei dieser Haarfarbe. Das muß an meiner Jugendzeit in Algerien liegen, wo die Frauen, besonders Araberinnen und Jüdinnen, sich Henna auf den Kopf schmierten. Französinnen, die nicht mehr dunkelhaarig sein wollten, bevorzugten aschblond, das ist schikker und vor allem viel vornehmer. Zumindest behaupteten das die Freundinnen meiner Mutter, sämtlich Europäerinnen, Frauen von unabhängigen Geschäftsleuten oder von Beamten.

Schließlich habe ich meine Wahl getroffen und gehe auf die Blonde zu. Sie hat Ähnlichkeit mit einem Filmsternchen, das die Rolle einer Telefonistin spielt; Augen mit verlängerten Wimpern und ein leuchtend roter Mund.

– Frankie-Pat Puntacavallo, lasse ich sie wissen und betrachte sie genau, weil ich die Verblüffung auf ihrem Gesicht sehen will... Es wird ihr einen Schock versetzen, mit einem echten Krimihelden zu sprechen, so wie es denen erging, die in Hollywood mit Bogart in Berührung kamen.

– Na und? antwortet sie mir.

– Ich möchte Monsieur Brunel sprechen.

– Sind Sie verabredet?

Ich betöre sie mit einem Cary Grant-Lächeln.

– Frankie-Pat Puntacavallo, ich sagte es Ihnen bereits...

Sie sieht mir direkt ins Gesicht. Sicher will sie sich überzeugen, daß sie nicht träumt, daß ich wirklich vor ihr stehe, in Fleisch und Blut, nicht wie in ihren verrückten Träumen von dem jungen Mädchen, das den Stars begegnen wollte. Ohne den Blick von mir abzuwenden, nimmt sie den Hörer ihres Telefons ab und wählt eine Nummer.

– Hier ist der Empfang, sagt sie. Ich habe da einen gewissen Puntacavallo, der zu Monsieur Brunel möchte... Ja, Puntacavallo... Hinten wie das italienische Pferd, wiederholt sie und sieht mich von unten aus dem Schutz ihrer falschen Wimpern an.

Eine kurze Pause, dann macht sie auf Englisch weiter, schließt mit einem »Okay, Francesca...« und legt auf.

– Das Sekretariat von Monsieur Brunel läßt mitteilen, daß er für den Rest des Tages abwesend ist... Wünschen Sie einen Termin?

Termin, Termin, ich könnte ihr einen Termin verpassen, dieser Schnepfe... Ich stehe wie ein Idiot vor dem Schalter, rühre mich nicht und überlege, ob ich mir mit Gewalt Zugang verschaffen oder einfach weggehen soll.

Sie lächelt mich an.

– Wir wissen wirklich nicht, wann er zurückkommt.

Ich wiege mehrmals den Kopf wie einer, der nachdenkt, bevor er seine Entscheidung trifft.

– Na schön, ich werde nicht warten, sage ich schließlich... Ich ziehe es vor, ihn heute abend direkt anzurufen.

– Wie Sie wünschen, Monsieur Puntacaballero...

Sie provoziert mich, weil sie meine Aufmerksamkeit wek-ken will, weil sie ihr Glück versuchen will nach ihrem armseligen Tag in der Uniform einer Platzanweiserin.

– Was machen Sie heute abend? frage ich sie und stütze mich auf den Schalter, ganz cool, Marke Eddie Constantine, als er noch mit Mädchen statt mit Pferden flirtete.

– Heute abend, gibt sie mir zur Antwort, planen wir meinen nächsten Urlaub auf Kosten der Sozialversicherung.

– Ach ja..., ich gebe mich interessiert.

– Mein Freund und ich werden vögeln wie die Weltmeister, um ein Kind auf Kiel zu legen!

Was soll ich antworten...

– Diese Art Übung dürfte Sie nicht interessieren, sagt sie abschließend und wendet sich einer ihrer kleinen Kolleginnen zu, die offenbar gelauscht hat. Jedenfalls lacht sie wie eine Irre.

Ziemlich beschränkt im Kopf allesamt. Im Grunde ist das nicht weiter erstaunlich, und ich weiß nicht, was ich mir eigentlich davon versprochen habe, vor diesen Telefonistinnen den Charmeur zu spielen. Die leiden doch unter *Lambdazismus*, auch wenn sie natürlich nicht wissen, was das ist!

Ich mustere sie alle drei, zücke mein massivgoldenes Zigarettenetui aus dem Hause Boucheron, entnehme ihm eine Pall-Mall-Filter und pflanze sie mir zwischen die Lippen. Dann hebe ich mein linkes Bein ein wenig, um am Schuhabsatz ein Streichholz anzureißen. Leider fällt mir zu spät ein, daß ich mit dem Anzug auch die Schuhe gewechselt habe... Diese blöden italienischen Streichhölzer, immer noch von der gleichen miesen Qualität, und dieses hier bleibt an meinem Zeigefinger kleben durch den Phosphor, der leise glüht, ohne sich zu entzünden.

Die drei Irren platzen vor Lachen, und das halbe Dutzend Personen in der Halle zieht nach. Ich zucke die Achseln, lutsche an meinem Finger, um den Schmerz zu lindern, und gehe hinaus.

* * *

Sobald ich auf dem Bürgersteig bin, beschließe ich, an der Bar des *Sofitel-Splendid* ein Glas zu trinken. Dort trifft man bestimmt Frauen, die nicht so vulgär sind wie diese Empfangsdamen, die ihre Wünsche für Wirklichkeit halten. Als ob ich, Frankie-Pat Puntacavallo, jemals ernsthaft vorgehabt hätte, mit einem dieser Pummelchen auszugehen...

Ich überquere die Fahrbahn, manövriere mich geschmeidig an den Wagen vorbei, von denen nicht wenige überstürzt mit jaulendem Gehupe und fluchenden Fahrern anhalten.

Ich lande auf der anderen Seite, dreißig Meter vom Hoteleingang entfernt. Ich nehme mein Feuerzeug und zünde mir die Zigarette an, wobei ich die Flamme mit den Händen schütze, weil der Mistral sich nicht gelegt hat. Diese Haltung gefällt mir einfach, besonders im Winter, wenn man den Wettermantel mit hochgeschlagenem Kragen tragen kann.

– *Spürst du nichts in deinen Rippen*?

– Nein, antworte ich und drehe mich zu der Person um, die mir die Frage gestellt hat.

Ein sehr kleiner Mann, eher schwächlich, ganz und gar wie ein Jockey aussehend. Er trägt einen marineblauen Zweireiher mit feinen Streifen und einen grauen Filzhut mit schwarzem Band. Auch sein Hemd ist gestreift, Krawatte und Schuhe sind zweifarbig. Fehlen nur noch die Gamaschen wie bei George Raft in dem Film, in dem die Typen sich als Schwuchteln ausgeben, um ihre jeweilige Verlobte in Verwirrung zu bringen.

Trotz des kräftigen Sonnenscheins hat er außerdem einen Wettermantel bei sich, den er auf absonderliche Art und Weise über den linken Arm gefaltet trägt, und seine rechte Hand ist in diesem Wettermantel verborgen, etwa nach der Art »Verkäufer von schweinischen Fotos«, der nicht weiß, daß man heutzutage sehr viel bessere an den Zeitungskiosks und in den Pressehäusern findet.

– Warte...

Er kommt auf mich zu. Diesmal spüre ich tatsächlich so etwas wie ein Rohr oder...

– Großes Kaliber, murmelt der Jockey.

Ich antworte ihm nicht. Was könnte ich ihm auch antworten, wo ich schon genug damit zu tun habe, mich zu überzeugen, daß er mich kein bißchen beeindruckt.

Das ist der Stand der Dinge, als ein grauer CX Prestige am Bordstein hält, genau auf unserer Höhe. Der Mann hinter dem Steuer beugt sich nach hinten, um uns die Wagentür zu öffnen.

– Du steigst jetzt in den Schlitten! befiehlt der Jockey.

– Und wenn ich nicht will?

– Puntacavallo, es täte mir leid, wenn ich deine prachtvolle Kluft durchlöchern müßte.

Sein Ton ist bösartiger geworden, während er diese Worte ausspricht, leise, ohne Aufregung, aber mit solchem Nachdruck, daß ich ihn durchaus für fähig halte, seine Ankündigung in die Tat umzusetzen.

– Ich steige ein, antworte ich ihm, aber ich steige ein, weil ich es beschlossen habe.

Ich schlüpfe in den abgedunkelten Fahrgastraum des Prestige und lasse mich auf dem Samt nieder, der die Farbe von verbranntem Brot hat. Der Chauffeur lehnt sich nach hinten und zwinkert mir zu.

– Erfreut, dich bei uns zu sehen, Puntacavallo.

Der Jockey setzt sich zu mir und stellt jetzt, da er im Wagen ist, ohne Scheu das große Kaliber zur Schau, einen 45er Colt, Typ US-Army, die Sorte, die in sämtlichen Kriminalfilmen zu sehen war, bevor die rückstoßfreie Python in den Dienst genommen wurde. Das Ding hat ausgedient, ist aber immer noch sehr eindrucksvoll, besonders wenn es auf Ihren Unterleib gerichtet ist.

Der CX startet weich. Wir erreichen schnell die Kreuzung am Boulevard Gambetta. Der Chauffeur biegt links ein, Richtung Promenade des Anglais. Zu dieser frühen Nachmittagsstunde herrscht noch kein starker Verkehr, und wir brausen dem Flughafen und der Var-Mündung entgegen, einem Gebiet mit viel unbebautem Gelände, was bei dieser Art von Reisen nie ein guter Bestimmungsort ist.

– Fahren wir zur Pferderennbahn? frage ich in der Hoffnung, das Bonmot könnte meinen Nachbarn aufheitern.

Der Jockey zuckt nicht mit der Wimper. Er trägt schwer an der Miene des Champions, dem man gerade seine goldene Reitpeitsche geklaut hat.

Ich fühle mich trotzdem ein bißchen entspannter, denn wenn sie die Absicht gehabt hätten, mich umzublasen, hätten sie es ohne Vorwarnung getan. Die Killer von heutzutage, die postmodernen sozusagen, nehmen sich nicht mehr die Zeit, ihre Opfer in abgelegene Winkel zu entführen; sie schießen auf offener Straße, sogar mitten in der Menge...

Statt in Carras weiter der Promenade Corniglion in Richtung Flughafen zu folgen, nehmen wir die Avenue Sainte-Marguerite, die nach Caucade hinaufführt. Wir fahren an den kleinen Gebäuden und Villen entlang, die hier wie bei der Parade aufgestellt sind, und halten endlich vor einem Haus, das erheblich unbewohnter aussieht als die anderen. Die Läden sind geschlossen, nur die Garagentür steht weit offen. Nach zwei kurzen Hupzeichen fährt der CX hinein, und einer, den ich nicht sehen kann, macht sofort hinter uns zu.

Der Jockey öffnet die Wagentür auf seiner Seite, hebt den Lauf seiner großkalibrigen Waffe und schlägt mir freundschaftlich vor:

– So, Puntacavallo, du steigst jetzt ebenfalls aus, aber bitte keine allzu abrupten Bewegungen...

Ich gehorche – hätten Sie vielleicht eine bessere Idee gehabt? – und lande vor dem Chauffeur, der vor mir ausgestiegen ist. Er ist ebenso groß und muskulös, wie der Jockey klein und mickrig ist. Er hat keine Waffe, nur seine beiden kräftigen Fäuste, die er abwechselnd massiert, wobei er die Gelenke knacken läßt.

Ich werfe einen Blick über die Schulter, entdecke ein dickes Motorrad, das an der Wand abgestellt ist, und dann die

Umrisse desjenigen, der die Tür zugemacht hat. Er setzt sich in Bewegung und nimmt deutlichere Formen an. Ein großer, massiger Mann, weniger athletisch als der Chauffeur, aber bestimmt genauso kräftig gebaut. Seine Kleidung ist von unauffälligerer Eleganz als die des Jockeys; strenger Zweireiher, weißes Hemd, einfarbige Strickkrawatte, schwarze Schuhe und eine Sonnenbrille, die fast so dunkel ist wie bei einem Blinden.

Der Jockey hat eine Tür geöffnet, die in die Villa führen muß. Er macht mir ein Zeichen, ihm zu folgen, während der Dicke hinter mir hergeht. Er hört nicht auf, seine Gelenke knacken zu lassen, und das nervt!

Wir durchqueren eine Küche, die zwar eingerichtet ist, aber nicht so aussieht, als ob sie täglich benutzt wird, und betreten einen riesigen, absolut leeren Aufenthaltsraum... Kein einziges Möbelstück, nichts, nicht mal ein Stuhl. Lediglich ein paar Bierflaschen, die Hälfte schon geleert, stehen auf dem Boden beim Kamin.

– Jetzt kannst du dich umdrehen, Puntacavallo, sagt der Jockey zu mir.

Ich sehe die Notwendigkeit nicht ein, gehorche aber trotzdem. Immerhin ist er im Besitz der eindrucksvollen Automatikpistole. Gut abgestimmt, genau richtig, um in die Flugbahn der geschlossenen Faust zu geraten, die der Dicke nach vorn geschwungen hat. Das Ziel ist eindeutig: mein Gesicht.

Rums!

All die kleinen Sterne, die man immer in den Comics um den Kopf des armen Trottels kreisen sieht, der sich einen Volltreffer gefangen hat, sagen guten Tag... Ich versuche siezu zählen, um mich mit irgend etwas zu beschäftigen, unterbreche diese Tätigkeit aber, weil ich gezwungen bin, mich zusammenzukrümmen. Nach der linken Geraden, die soeben in meinem Magen gelandet ist, brauche ich dringend ein wenig Luft. In dieser Stellung befinde ich mich noch, als der Dicke – aller guten Dinge sind drei – mir seine zu einem soliden

Hammer verschränkten Pranken auf den Hinterkopf knallt. Eine sehr hübsche Bewegung von oben nach unten, und in meinem Schädel beginnen die Glocken zu läuten. Eine liebliche Geräuschkulisse, die vortrefflich zu den kleinen Sternen paßt!

Dann kommt der Mann in Schwarz auf mich zu. Er stochert mit seiner Schuhspitze ein bißchen an mir herum, als wollte er sich versichern, daß ich noch atme.

– He, Puntacavallo, sagt er in liebenswürdigem Ton, mach dich nicht schlapper als du bist... Komm schon, steh auf.

Er ist sympathisch, und ich versuche zu lachen, um ihm zu zeigen, daß ich Scherze immer zu schätzen weiß; aber es ziept in meinem rechten Mundwinkel, an der Stelle, wo der einleitende Faustschlag des Dicken gelandet ist.

– Wir wollen dir nichts, Puntacavallo, sagt der Mann in Schwarz... Wir wollen dir überhaupt nichts.

Während er versucht, mich zu beruhigen, bin ich meinerseits bemüht, das Neuronengetriebe meines Gehirns wieder in Gang zu bringen, was nicht auf Anhieb klappt. Dann gelingt es mir allmählich, gewisse Zusammenhänge herzustellen... Bei dem Motorrad, das ich in der Garage gesehen habe, könnte es sich sehr gut um den Ofen handeln, der davongebraust ist, als ich dem von Pancrace Bézaudun aufgestöberten Unbekannten hinterhergelaufen bin... Außerdem erinnere ich mich an die schmächtige Gestalt des Halbwüchsigen; sie entspricht durchaus dem Gestell des Jockeys.

– Ich bin sehr froh, daß Sie mir nicht übelwollen, bemerke ich und mustere den Mann in Schwarz von oben bis unten.

Er bückt sich, reicht mir die Hand, um mir hochzuhelfen. Ich spiele nicht den Stolzen und lasse es mir gefallen. Als ich die Senkrechte wiedergefunden habe, stelle ich fest, daß meine Beine noch die Folgen der systematischen Hammerschläge des Dicken spüren. Ich nehme es auf mich, beiße die Zähne zusammen, denke an meine Ehre und bringe sogar ein Lächeln zustande, während ich mit den Fingerspitzen mein

Jackett vom Staub befreie. Nur gut, daß der Boden mit Teppich bedeckt ist!

Anschließend hole ich mein Taschentuch heraus und tupfe das Blut von meiner Lippe ab. Sie schwillt an, wie ich merke, wenn ich innen mit der Zunge darüberfahre.

– Also, Puntacavallo, sagt der Mann in Schwarz. Das Ganze war weiter nichts als eine kostenfreie Warnung.

– Eine Warnung weshalb?

– Damit du dir einbleust, daß du uns nie gesehen hast... Keinen von uns dreien, weder hier noch anderswo...

Er greift zu seiner Schachtel Gitanes-Filter, öffnet sie, bietet mir eine an.

– Sind wir uns da einig? fragt er mich, als ich eine Zigarette nehme.

Ich schiebe die Gitane zwischen meine schmerzenden Lippen.

– Nun, Puntacavallo, beharrt er... Sind wir uns einig?

– Ich fände es immerhin ganz schön, wenn man mich aufklärt.

Diesmal wendet sich der Mann in Schwarz dem Dicken zu, der in unmittelbarer Reichweite steht, uns mit seinem Hornochsenblick beobachtet und sich dabei die Knöchel massiert.

– Weißt du, sagt der Mann in Schwarz zu ihm, dieser Puntacavallo ärgert mich, wenn er dauernd die gleiche Frage wiederholt, wo ich ihm höflich mitgeteilt habe, was wir von ihm erwarten...

– Chef, wollen Sie, daß ich ihn...

Der Mann in Schwarz hebt die rechte Hand zum Zeichen des Abwartens. Dann zückt er ein Feuerzeug, Chinalack und Feingold, zündet es an, hält es mir hin. Für den Bruchteil einer Sekunde habe ich Lust, mein Glück zu versuchen, mich auf ihn zu werfen und ihn als Schild zu benutzen. Das könnte den Jockey daran hindern, von seiner Waffe Gebrauch zu machen, hoffe ich wenigstens... Es ist wirklich die Angelegenheit eines Sekundenbruchteils, und ich nehme Abstand von der Idee, begnüge mich schließlich damit, meine Zigarette anzuzünden. Der Rauch tut mir gut. Der Mann in Schwarz lächelt mir zu.

– Wir sind uns einig?

– Und wenn ich nein sagte?

– Puntacavallo, das könnte dir Scherereien einbringen, viel Ärger, für dich selbst und vielleicht auch für Leute, an denen du hängst...

Er hat seine Argumentation schlecht gewählt. Ohne ihn aus den Augen zu lassen, werfe ich meine Zigarette auf den Teppichboden und drücke sie mit dem Absatz aus.

– Etwas präziser, bitte, fordere ich ihn mit zischender Stimme auf.

Er scheint zu zögern.

– Wir sprechen darüber, wenn es notwendig werden sollte.

Er lächelt freundschaftlich, will das Thema wechseln, und ich weiß, daß ich eine Runde gewonnen habe.

– Du mußt auch an deinen Job denken, Puntacavallo. Eine Genehmigung der Polizeipräfektur genügt für dein Hahnreigewerbe, aber diese Art von Genehmigung, die kommt, die geht... Die wird erteilt, die wird entzogen...

Ich schlage die Augen nieder, was einer unausgesprochenen Annahme ihrer Bedingungen gleichkommt. Was soll's, sobald ich weit genug entfernt bin von dem 45er Colt und den Fäusten des Dicken, kann ich meine Meinung immer noch ändern, mir Gedanken darüber machen, weshalb Leute, die ich nie vorher gesehen habe, mich zusammenschlagen und mich auffordern, sie zu vergessen...

Eine vollkommen idiotische Geschichte, für die es nur eine einzige logische Erklärung geben kann. Diese beiden waren auf dem Clos des Mauves, vielleicht auch schon gestern, als man auf mich geschossen und versucht hat, den Angriff Vater Pancrace zuzuschieben... Und sie waren überzeugt, daß ich sie genau genug gesehen hatte, um sie wiederzuerkennen. Da haben sie die Initiative ergriffen...

Sechster Akt

In dem man einen demissionswilligen Helden erlebt, der sich ohne ersichtlichen Grund Knall auf Fall an die Luft setzen läßt, bevor er sich mehr oder weniger in eine Angelegenheit verwickelt sieht, die man durchaus als kriminell bezeichnen könnte.

Die drei Ganoven haben mich freundlicherweise genau an den Ort zurückgebracht, an dem sie mich an Bord genommen hatten, vor das *Sofitel-Splendid* in der Rue Victor-Hugo. Gerade als ich aus dem CX Prestige aussteigen wollte, hat der Mann in Schwarz mich am Ärmel zurückgehalten.

– Puntacavallo, du solltest bei einer Apotheke vorbeigehen, um deine Lippe versorgen zu lassen. Wir wollen schließlich nicht, daß sie sich entzündet.

Der Dicke, der sich wieder hinters Steuer gesetzt hat, läßt die elektrisch betriebene Scheibe seiner Wagentür herunter und sieht mich lächelnd an.

– Nie gesehen, nicht wahr, Puntacavallo? Sonst gibt's richtig Prügel!

Ich werfe ihm meinen allerverächtlichsten Blick zu, dann beuge ich mich vor und wende mich an den Jockey, der neben ihm sitzt.

– Und du streng dich an und iß brav deine Suppe auf, damit du genauso dick wirst wie der Onkel da.

Ich merke, daß er bereit ist blankzuziehen, während es den Dicken unwiderstehlich gelüstet, auszusteigen und zu vollenden, was er vorhin so vorbildlich begonnen hat. Aber der Mann in Schwarz gibt ihm einen kleinen Klaps auf die Schulter.

– Ich denke, Puntacavallo ist kein Idiot, sagt er, und hat sehr gut verstanden, was wir von ihm erwarten.

Und der CX Prestige rauscht ab.

Ich wiederhole im Geist sein Autokennzeichen, bis er an der ersten Straßenecke verschwindet. Dann zücke ich meinen Notizblock, um es sorgfältig zu notieren: 456 ABX 06...

Anschließend mache ich eine Apotheke aus und lasse mir dort ein kleines Heftpflaster auf die Oberlippe kleben. Beim Hinausgehen betrachte ich mich in einem spiegelnden Schaufenster. Ich finde, das sieht gar nicht so schlecht aus. Ich gleiche ein wenig dem Helden in *Chinatown*, nur daß es bei mir nicht die Nase ist, die man übel zugerichtet hat.

In der Gewißheit, einen großen Teil meines natürlichen Charmes wiedergefunden und ihn sogar durch dieses Pflaster noch veredelt zu haben, betrete ich das *Sofitel-Splendid*, wo ich auf Anhieb die Bar entdecke.

Ich lasse mich auf einem Hocker nieder und warte auf den Kellner, der mit einem breiten Lächeln auf mich zukommt.

– Monsieur wünschen?

– Bringen Sie mir einen Scotch, einen zwölf Jahre alten, ergänze ich, um ihm zu zeigen, daß ich kein Blödmann bin, dem man egal was vorsetzen kann.

– Dann empfehle ich Monsieur einen königlichen *Dalmore*, einen »pure malt«, unter Verwendung von reinstem Quellwasser hergestellt. Sie werden sehen, wie der Ihnen schmeckt.

– Nur zu, mein Bester.

Er schenkt mir ein, scheint zufrieden, als ich mit einer Handbewegung den Eiswürfel zurückweise, und wartet auf mein Urteil. Ich liefere es ihm in Form einer anerkennenden Grimasse. Mehr bringe ich nicht zuwege, weil die Verletzung an meiner Oberlippe so ziept.

– Ich wußte, daß Monsieur ihn schätzen würde...

Er holt den Kassenbon, ein bescheidener Betrag, und schiebt ihn unter einen Unterteller, in den er ein paar geröstete Erdnüsse schüttet.

Ich lächle ihm zu und sehe dann durch das große Glasfenster. Es gestattet eine unverbaubare Sicht auf die Avenue Victor-Hugo mit ihrem regen Treiben und vor allem auf den Eingang des Gebäudes, das unter anderem die Büros der Azuréenne, der Niçoise du Sol und diverser weiterer, von der Brunel-Gruppe abhängiger Gesellschaften beherbergt.

– Ich setze mich an diesen Tisch dort, sage ich zum Barkeeper und leere mein Glas... Bringen Sie mir noch einen.

– In Ordnung, Monsieur.

Ich lasse mich an dem Tisch nieder, der vor dem großen Fenster steht... Siebzehn Uhr... Nicht viel los in der Bar. Lediglich ein Pärchen ganz hinten, vor Blicken von außen geschützt. Bestimmt verheiratet, aber nicht miteinander... Das sagt mir mein Berufsinstinkt, und außerdem erkennt man es an dem honigsüßen Getue, mit dem der Mann seine Partnerin offensichtlich dazu bewegen will, mit ihm die Bar zu verlassen und sich die weiteren Dienste des Hotels zunutze zu machen.

Der Barkeeper kommt mit dem zweiten »pure malt« und serviert ihn mir zusammen mit dem kleinen Teller Erdnüsse. Gerade als er sich anschickt, die Kassenbons darunterzuschieben, unterbreche ich ihn mit einer Geste und lege einen Hunderter auf das Tablett.

– Stimmt so, sage ich lächelnd zu ihm.

Sein Gesicht verkrampft sich ein bißchen, genau so, wie ich es mag. Er entfernt sich, und ich hole meine Zigaretten heraus. Ich rauche entspannt, betrachte die Straße, ein bißchen auch in der Erwartung, daß eine dieser Traumgestalten eintritt, die stets durch Paläste spuken. Ich bin so plaziert, daß sie mich auf den ersten Blick entdecken würde. Der Schmerz an meiner Lippe ist jetzt weniger stechend, zweifellos der Alkohol. Eine gute Medizin...

Der Verkehr draußen nimmt zu.

Ich bin bei meinem vierten »pure malt«, als meine Aufmerksamkeit von einer Frau gefesselt wird. Sie geht auf der anderen

Straßenseite über den Bürgersteig. Eine schlanke Figur, die man eher ahnt als sieht in einem dieser flatternden Kleider, die wehen und sich zugleich an sämtliche Kurven schmiegen. Die Art von Bekleidung, die der lesbische Teil der Frauenbewegung bestimmt gern verbieten würde.

Die Gestalt hält zielstrebig Kurs auf das Gebäude der Azuréenne. Garantiert keine Telefonistin... Als sie das Haus betreten will, veranlaßt ein Hupzeichen sie dazu, sich umzuwenden. Ein dicker Mercedes 450 SEL hat in der zweiten Reihe angehalten, am Steuer sitzt ein uniformierter Chauffeur. Ein Mann steigt aus und macht der Gestalt aufgeregte Handzeichen. Sie wartet vor den Glastüren auf ihn.

Der Mann ist Pierre Brunel, mein Auftraggeber, derjenige, dem ich mein Demissionsgesuch vor die Füße werfen will...

Ich trinke mein Glas in einem Zug leer, lege einen weiteren Hunderter auf den Tisch und flitze hinaus... Im Laufschritt drängele ich mich erst zwischen den Fußgängern, dann den Autos hindurch, um die Straße zu überqueren. Ich hole den kleinen Napoleon des Baugewerbes von Nizza in dem Moment ein, als er in Begleitung der eleganten Frau durch die Halle geht.

Von nahem sieht sie noch besser aus, als ich es mir vorgestellt habe. Die Sorte, die man oft in den amerikanischen Serien findet, gleichzeitig sinnlich und reich – mehr kann der Mensch von einer Frau nicht verlangen... Grüne Augen und kastanienbraunes Haar, ein Gesicht mit hohen Wangenknochen, ein Körper, der allerhand erahnen läßt...

Ich rufe Monsieur Brunel, und er dreht sich zu mir um.

– Was wollen Sie, Puntacavallo, fragt er mich schroff.

– Ich bin da oben gewesen...

– Halten Sie den Mund!

Er wirft einen Blick in die Runde, aber die Büros dürften um diese Zeit geschlossen sein, und die Halle ist ausgestorben. Nur eine Telefonistin ist da, die warten muß, bis die letzten Führungskräfte gegangen sind.

– Hören Sie mir gut zu, Puntacavallo ... Betrachten Sie sich als gefeuert und Ihren Auftrag als erledigt ...

Ich stehe mit offenem Mund da, bringe aber keinen Laut hervor. Es ist immer sehr frustrierend, wenn man von eben dem gefeuert wird, dem man gerade das Demissionsgesuch überreichen wollte.

Der Baulöwe sieht mich mit Abscheu in den Augen an und zischt zwischen den Zähnen:

– Du kleines Miststück, du!

Dann läßt er mich einfach stehen und geht zu der eleganten Dame, die vor dem Aufzug auf ihn wartet.

Die Telefonistin hinter ihrem Schalter hat nicht mit der Wimper gezuckt. Sie ist plötzlich emsig damit beschäftigt, in ihrem dicken Telefonbuch zu blättern.

Ich bin wie vom Donner gerührt, unfähig, auch nur eine Bewegung zu machen. Die Aufzugstür öffnet sich, und ich sehe, wie Brunel einen kleinen Schlüssel in den Schlitz oberhalb des letzten Knopfes steckt. Dann verfolge ich den Weg der Kabine auf der erleuchteten Anzeige über der Tür. Elfte und letzte Etage, sicher ein Appartement.

Ich begebe mich zum Empfangsschalter, stütze mich auf, versuche zu lächeln. Aber es ziept furchtbar am Mundwinkel.

– Monsieur Brunel wirkte ziemlich nervös, sage ich so ganz nebenbei.

Die Telefonistin blickt interessiert auf.

– Es muß schweren Ärger gegeben haben ... Das wurde jedenfalls heute nachmittag im Hause gemunkelt.

– Ärger welcher Art?

– Weiß ich nicht ... Auf alle Fälle ist der Chef Punkt drei Uhr wie der Blitz verschwunden und ...

Drei Uhr ... Also kurz vor dem Zeitpunkt, als ich vergeblich hier war, um ihm meinen Rücktritt zu präsentieren. Diese Telefonistin war vorhin nicht da, und sie wird sich fragen, wer ich bin. Übrigens fragt sie mich gleich ganz direkt, um Zeit zu sparen.

– Sind Sie ein Bulle?

– Nicht so ganz ...
– Schade.
Und sie verstummt.
– Warum sagen Sie das? frage ich sie, und mein Instinkt ist schon alarmiert.
– Weil ich den Chef nicht leiden kann, weil ich nicht leiden kann, was er tut, weil ich den Immobilienhandel grundsätzlich nicht leiden kann.
– Und warum arbeiten Sie dann hier?
– Glauben Sie vielleicht, man hätte immer die Wahl?
Plötzlich überkommt mich eine Art Furcht. Ich drehe mich langsam um. Vor meiner Nase steht der Hauspolizist in dem granatfarbenen Hemd. Heute lächelt er nicht sonderlich sympathisch, und seine rechte Hand liebkost den Knauf des dikken Revolvers, der an seinem Gürtel hängt.
– Monsieur Brunel hat mir Bescheid gesagt, behauptet er und betont sein Lächeln noch. Er will nicht, daß du hier weiter durch die Gegend schleichst, kapiert?
Ich werfe einen Blick auf die Telefonistin, die abzuwarten scheint, blicke kurz auf meine Schuhe und hebe dann den Kopf.
– Und du willst also dafür sorgen, daß ich gehe? frage ich ihn in dem scheinheiligen Ton, der nach Spott riecht.
Er sieht überrascht, erstaunt aus, fängt sich aber schnell.
– Natürlich will ich das, bekräftigt er und macht einen Schritt nach vorn.
– Fein ...
Ich beuge mich zu der Telefonistin hinüber und streichle ihre Wange mit dem Zeigefinger.
– Auf bald, Schönste ...
Ich mustere noch einmal den Hauspolizisten, der sich mit gespreizten Beinen aufgebaut hat wie ein Idiot, ein lächerlicher Abklatsch der wahren Filmhelden ...
– Tschau, Macker ...
... und gehe schnellen Schritts zum Ausgang.

* * *

Ich setze mich wieder in den Lancia Zagato. Während ich warte, daß der Motor warmläuft, überlege ich, was ich jetzt tun könnte. Theoretisch wäre es das beste, nicht mehr an diesen Fall zu denken; zum einen, weil man mich gefeuert hat, und zum andern, um mich nicht wieder mit den Insassen des CX Prestige anzulegen... Aber ich habe noch einen üblen Geschmack im Mund, wie unreifer Wein, der kratzt... Ich werde von René-Charles ein paar Erklärungen verlangen und ihm mitteilen, daß er jetzt, wo man mich gefeuert hat, wenig Aussichten auf die Exklusivverkaufsrechte hat.

Für mich dagegen ist es trotz allem ein gutes Geschäft gewesen, denn ich betrachte die fünftausend Francs Vorschuß natürlich als Entlassungsprämie. Und Brunel dürfte es unter Werbungskosten für ein oder zwei Tage abbuchen...

Was mir Kopfzerbrechen bereitet, ist sein jäher Meinungsumschwung.

Der Flicken am linken Vorderreifen löst sich in dem Moment, als ich das Coupé an der Uferstraße, genau gegenüber dem *Café des cols bleus* zum Stehen bringe. Es ist die Zeit des abendlichen Aperitifs, und die Terrasse ist von den Stammgästen gestürmt worden, die am heutigen Mittwoch die Sportereignisse kommentieren. Die Moral der Fans ist auf dem Tiefstand, seit alle Mannschaften der Stadt geschlossen auf den hinteren Rängen kämpfen und bereit sind, für ihr Verbleiben in der Elite in die Qualifikationsspiele zu gehen.

– »Wenn man sich das vorstellt, heiliger Strohsack! Da hatten wir Anfang des Jahres eine Mannschaft in der ersten Fußballliga, dito beim Rugby und sogar zwei beim Basketball... Und jetzt stecken wir in der Scheiße!«

– »Die werden zu gut bezahlt... Deshalb laufen sie lieber den Weibern hinterher als dem Ball!«

Die Pastis-Runden lösen einander ab, und die Rettungspläne für den Berufssport in Nizza prasseln hernieder wie

Hagel auf die Beete eines Gemüsegartens, was die ohnehin schon katastrophale Lage noch schlimmer macht.

Ich werfe einen Blick auf die Terrasse, kann aber René-Charles nicht entdecken. Als Jeannot an mir vorbeigeht, halte ich ihn fest, doch er hat ihn auch nicht gesehen. Es bleibt mir nichts anderes übrig, als ins Büro hinaufzugehen und nachzuschauen, ob heute morgen Post gekommen ist. Ich warte schon drei Tage auf Schecks von meinen letzten Klienten: Gehörnte, die vielleicht von meiner Tüchtigkeit enttäuscht sind.

Ich steige die Treppe hinauf und denke dabei an die Aufzüge bei der Azuréenne. Zugegeben, das ist etwas anderes, Holz von den Antillen und Teppichboden aus reiner Wolle anstelle eines Geländers, das alle zehn Jahre frisch gestrichen wird, und eines lächerlichen roten Teppichs, der in Stufenmitte liegt und bis auf die Fasern abgenutzt ist. Er führt nicht einmal bis zu meinem Stockwerk, in dem sich früher die Dienstbotenzimmer befanden.

Ich erreiche den Treppenabsatz. Gerade will ich an der Tür des Massageinstituts vorbeigehen, da wird sie geöffnet, und ich erkenne im Dämmerlicht das Gesicht von René-Charles. Er fordert mich mit einer Handbewegung auf einzutreten.

Ich gehorche... Die Tür wird leise hinter mir geschlossen. Es ist das erste Mal, daß ich den Salon betrete, seit Line Danang die Direktion übernommen hat. Die Eurasierin ist übrigens anwesend. Sie trägt eine schwarze Seidenhose und eine bunte Tunika. Um ehrlich zu sein, sie ist ein niedliches Ding mit dreieckigem Gesichtchen, schwellenden Lippen und angedeuteten Schlitzaugen, die feine asiatische Art sozusagen. Das Ganze wird umrahmt von dermaßen rabenschwarzen Haaren, daß man glauben könnte, sie wären gefärbt. Sie nickt mir sehr freundlich, sehr höflich zu, kein bißchen geschäftsmäßig.

Der Immobilienmakler scheint ziemlich von der Rolle zu sein. Er sieht mich mit der Miene eines geschlagenen Hundes an, die keiner wie er zu ziehen versteht.

– Was ist denn bloß passiert, Frankie?
– Wie, was ist passiert. Das fragst du mich?
Ich rufe die Kinesiotherapeutin zur Zeugin an.
– Sie hören es, er fragt mich… Seinetwegen schlägt man mir eine miese Arbeit vor, die selbst ein Gastarbeiter nicht annehmen würde. (Ich beiße mir auf die Lippen.) Das ist nicht gegen Sie gerichtet, Mademoiselle, Sie sind ja schließlich eine Frau… Schön, und seit ich diese Arbeit akzeptiert habe, schießt man auf mich, zersticht mir die Autoreifen, schlägt mich zusammen, entläßt mich Knall auf Fall, und er geht hin und fragt mich: Was ist passiert?…
– Und das ist noch nicht alles, murmelt er.
– Wieso noch nicht alles?
– Culculnacci wartet in deinem Büro…
Der hat mir gerade noch zu meinem Glück gefehlt! Polizeiinspektor Ange Culculnacci, einer der wenigen Polizisten Frankreichs, der niemals nördlich von Avignon oder westlich von Nîmes gearbeitet hat, was besagt, daß er einflußreiche Leute kennt… Theoretisch sind wir Kumpels, sogar Jugendfreunde, weil wir uns auf der Volksschule an der Rue du Bourricot in Mostaganem kennengelernt haben. Aber wir sind verschiedene Wege gegangen. Er ist bei der offiziellen Polizei gelandet, mit Aussicht auf Beförderung, Ehrungen, vielleicht eine Medaille und ganz gewiß auf die Pension; ein echter Beamter eben! Ich, das frei lebende Raubtier, das nie an die Leine genommen wurde, das nie den Buckel gekrümmt hat.
– Hast du mit Culculnacci gesprochen? frage ich den Immobilienmakler.
– Nur ein kurzes Guten Tag; er sah nämlich eher verärgert aus. Er hat bloß zu mir gesagt: »Bist du auch in den Fall Clos des Mauves verwickelt?« Natürlich habe ich gesagt: »Nein«, und er hat mir geantwortet: »Da kannst du von Glück reden…«
Eine falsche Schlange, dieser René-Charles… Aber ich bin ihm deshalb nicht böse. Es ist mein Los, mit Zins und Zinses-

zins für alle einzustecken und anschließend Rechenschaft abzulegen.

Ich zwinkere der Eurasierin zu und klopfe dem Immobilienmakler auf die Schulter.

– Ich werde die Sache in Ordnung bringen.

* * *

Ich finde mich auf dem Flur vor meiner Bürotür wieder. Drinnen brennt Licht. Wie gewöhnlich hat Culculnacci es vorgezogen, an meiner Arbeitsstelle auf mich zu warten.

– »Das Delikt Hausfriedensbruch gilt nicht für die Kanzlei eines Schnüfflers«, hat er mir tausendmal erklärt und hinzugefügt: »Und außerdem sind wir Freunde...«

Ich atme tief durch und trete ein. Fehlt nicht viel, und ich hätte automatisch angeklopft... Sofort überfällt mich der gräßliche Gestank nach kalter Zigarre, der in dem Zimmer hängt. Culculnacci muß sie gut zehnmal wieder angezündet haben, was das ohnehin schon schwere, kräftige und außerordentlich strenge Aroma seines Tabaks noch unerträglicher macht.

– Hallo, Frankie, sagt er, als ich die Tür hinter mir schließe.

– Hallo, Ange, antworte ich ihm.

Er sitzt mal wieder auf meinem Platz. Das ist eine weitere Angewohnheit von ihm, und ich habe schon seit langem darauf verzichtet, sie ihm auszutreiben. Er betrachtet mich... Ich betrachte ihn, als sähe ich ihn zum ersten Mal. Und dabei gehört er nicht zu der Sorte, die man so leicht vergißt. Von mittlerer Größe, ziemlich gut gepolstert; pausbäckiges Gesicht mit kleinen Augen, die an die bevorzugten Zuchttiere der Firma »Olida« erinnern; hohe, ziemlich kahle Stirn, die er zu verbergen sucht, indem er die langen Hinterkopfhaare nach vorn zieht. In puncto Kleidung – Schwamm drüber! Leinenanzug ohne Schultereinlagen, formlos, angeschmuddelt... Ein Hemd, das einmal weiß gewesen sein muß, mit abgewetzten Manschetten und ewig aufgeknöpftem Kragen, locker zusammengehalten von einer sehr schmalen Krawatte, die eher nach einem Strick aussieht.

– Hast du auf mich gewartet? frage ich ihn.

– Nein, keineswegs. Ich habe ein bißchen Urlaub gemacht.

Ich lache und marschiere zu einem der beiden Fenster, die auf den Hafen gehen. Ich mache es weit auf, um für frische Luft zu sorgen. Natürlich ersetzt der dumpfe Verkehrslärm den dicken Qualm, und Culculnacci ist nicht einverstanden.

– Willst du es nicht wieder schließen?

Ich komme seiner Aufforderung nach, ein wenig angespannt, weil ich merke, daß er auf jede meiner Bewegungen achtet.

– Ich habe dir etwas Unangenehmes mitzuteilen, läßt er sich schließlich vernehmen.

Ich spiele den Philosophen.

– Wenn du es schon sagen mußt, sag's gleich...

Er kaut an seiner Zigarre, stellt fest, daß sie erloschen ist, und zückt die große Streichholzschachtel, die ihm dauernd die rechte Tasche seines Jacketts ausbeult. Er zündet das Ding wieder an, zieht ein bißchen, läßt eine zusätzliche Wolke aufsteigen.

– Kennst du den Clos des Mauves? fragt er, ohne mich anzusehen.

Ich habe die Vermutung, daß dies nicht der rechte Augenblick ist, Winkelzüge zu machen und den Schlaumeier zu markieren. Lieber die Karten auf den Tisch legen und nur eine bedeckt halten wie beim amerikanischen Poker.

– Ein wenig, antworte ich.

– Und den alten Winzer Pancrace Bézaudun, der seit dem Tod des Gutsbesitzers Lucien Lamongie senior der einzige Bewohner war?

– Vater Pancrace... Ja, den kenne ich auch. Das heißt, ich habe ihn zweimal gesehen und nur einmal gesprochen.

– Das ist dann wohl dein letztes Gespräch mit ihm gewesen, Frankie.

– Warum?

– Heute gegen vierzehn Uhr hat man ihn gefunden, erhängt an einem Olivenbaum...

Ich stehe unbeweglich da, bin nicht in der Lage, nur ein einziges Wort vorzubringen. Jetzt begreife ich, warum mein Ex-Arbeitgeber sich so eigenartig verhalten hat, und vielleicht auch den Grund für die Abreibung, die mir die drei Ganoven mit dem CX Prestige verpaßt haben.

Ich lasse mich in einen der beiden weißen Skaisessel vor dem Schreibtisch fallen. Dort komme ich langsam wieder zu Atem und kann endlich stammeln:

– Vater Pancrace soll sich aufgehängt haben? Das darf doch nicht wahr sein!

Culculnacci spuckt ein paar Tabakkrümel aus.

– Ich habe nicht gesagt, daß er sich aufgehängt hat, Frankie... Ich habe gesagt, daß man ihn erhängt aufgefunden hat.

– Willst du damit sagen, er ist erhängt worden?

Er zuckt die Achseln.

– Ich will überhaupt nichts sagen, Frankie, ich will bloß wissen...

Er sieht mich aus zusammengekniffenen Augen an.

– Hast du eine wilde Knutscherei gehabt, fragt er mich, oder wollte man dich verprügeln?

– Beides, sage ich mit dem Versuch eines Lächelns.

Er sieht mich an und schüttelt ernst den Kopf, wie ein Vater, der sich anschickt, seinem Sohn die Leviten zu lesen.

– Wie ich hörte, hattest du einen Auftrag von Brunel, dem Chef der Immobilienfirma, die auf dem Mauves-Gelände bauen will.

– Das ist richtig.

Ich beschließe, gegenüber Culculnacci mit offenen Karten zu spielen. Schließlich stehe ich nicht gerade im rosigsten Licht da und muß versuchen, ihn auf meine Seite zu bringen.

– Und dein Job, Frankie, bestand er nicht darin, dafür zu sorgen, daß Pancrace Bézaudun das Gelände verläßt?

– Ja, aber ich sollte ihn durch Psychologie überzeugen, nicht aufhängen, betone ich.

– Das hat Brunel mir auch gesagt... Allerdings ist er fast überzeugt, daß du dich zu Methoden hast hinreißen lassen, die rascher zum Ziele führen...

Ich würge mühsam an meinem Speichel.

– Und du, Ange, du hältst mich für fähig, diesen alten Mann nur um eines Honorars willen umzubringen... Du betrachtest mich als einen angeheuerten Killer!

– Leg mir nicht Dinge in den Mund, die ich nicht gesagt habe.

Er drückt den Rest seiner Zigarre im Aschenbecher aus, erhebt sich, geht zum Fenster, sieht lange auf die Kais und spricht, ohne sich umzudrehen.

– Du mußt immerhin zugeben, daß du unter den Verdächtigen ersten Grades rangierst.

Ich gehe mit vorgeschobenen Fäusten zu ihm.

– Du kannst mich festnehmen, Ange... Ich bitte dich nur darum, Mama nicht allzu rücksichtslos davon zu verständigen. Wo doch schon ihre Tochter vor der Verheiratung das Haus verlassen hat und Papa jetzt in Marseille arbeitet...

– Hör mit deinem Theater auf, wenn ich bitten darf!

Ich weiß, daß ich damit die erste Runde gewonnen habe. Was Culculnacci von den meisten Bullen in Krimis unterscheidet, ist, daß er Vertrauen zu mir hat. Er weiß, daß ich ein Ehrenmann bin und daß mein Wort noch etwas zählt. Er weiß auch, daß ich ihm gelegentlich geholfen habe, mit verwickelten Fällen fertig zu werden, und daß ich bestimmt keine Neigung verspüre, ihm ausgerechnet heute einen Bären aufzubinden.

– Was hältst du davon, Frankie, wenn du mir die Sache von Anfang an erzählst?

Und ich erzähle...

... Er hat sich während meines Berichts eine neue Zigarre angezündet. Ich habe gesehen, wie sein Gesicht böse wurde, als ich ihm eine detaillierte Beschreibung der drei Ganoven gab, die mich zur Warnung verdroschen haben. Er kennt sie...

– Der Typ, der immer Schwarz trägt, ist Daniel Pignard, eine zwielichtige Gestalt, die sich am Rand der Legalität bewegt; möglich, daß er auch mit Koks zu tun hat, und außerdem…

– Außerdem was?

– Pignard ist der Besitzer des *Acapulco*. Das ist so ein Bumslokal am Strand von Beaulieu, die schäbige Sorte, die im Winter von Halbstarken, im Sommer von Campern besucht wird… Aber aufgrund diverser inoffizieller Aktivitäten genießt Pignard Unterstützung. Man sagt ihm nach, daß er unterderhand Verbindungen zu gewissen Politikern hat…

Culculnacci betrachtet seine Zigarre.

– … Ordnungsdienst in Wahlkampfzeiten, Plakatkleberkolonnen oder Rollkommandos gegen Plakatkleber, Einschüchterungskampagnen…

Ich hole meine Zigaretten heraus und zünde mir eine an.

– Hat er nicht vielleicht Verbindungen zum Generalratsmitglied de la Portanière?

– Oberflächliche, sehr enge oder überhaupt keine; das hängt von der jeweiligen politischen Windrichtung ab. Und du weißt ja, wie das hier unten ist, wie der Mistral, er kann sich drehen…

Culculnacci schnalzt mit der Zunge.

– Ich ahne, worauf du hinauswillst, Frankie… Es heißt, la Portanière sei an der Immobiliengruppe Brunel beteiligt, aber das sind nur Gerüchte. Und außerdem ist es nicht verboten, Anteile an einer Immobilienfirma zu haben.

– Nein, natürlich nicht…

– Es ist auch kein Geheimnis, daß seine Tochter, Isabelle de la Portaniére, Hubert Lamongie geheiratet hat, den Erben des Clos des Mauves, der das Gelände an die Niçoise du Sol verkauft hat…

Ich kenne Culculnacci seit fast dreißig Jahren, deshalb ist mir eins klar: Wenn er mir ganz nebenbei solche wertvollen Tips zukommen läßt, dann rechnet er ein bißchen damit, daß ich in dem ganzen Sumpf herumwühle.

Er hat recht, ein Schnüffler ist dazu wie geschaffen, während der offizielle Bulle sauber und über jeden Verdacht erhaben bleiben muß. Mir ist auch klar, daß er mir Gelegenheit geben will, mich selbst zu entlasten.

Siebter Akt

In dem der Held nach einer nächtlichen Verfolgungsjagd, die als beispielhaft gelten kann, seine zweite Abreibung des Tages erhält, diesmal aber immerhin weiß, warum.

Nachdem Culculnacci gegangen war, bin ich lange in meinem Büro geblieben. Ich wollte ein wenig Ordnung in meine Gedanken bringen und vor allem meine Aussichten abschätzen. Denn nach der polizeioffiziellen Vorinformation dürfte ich mitten unter den Hauptverdächtigen sein, sollte sich der Tod von Vater Pancrace weder auf einen Unfall (kommt mir nicht sehr wahrscheinlich vor im Fall einer Erhängung) noch auf einen Selbstmord (kommt mir nicht sehr vernünftig vor) zurückführen lassen. Es ist eigenartig, aber ich kann mir nicht vorstellen, daß der alte Winzer sich am höchsten Ast seines Lieblingsolivenbaums aufhängt, bloß um der Niçoise du Sol einen Gefallen zu tun...

Ich leere die kleine Scotchflasche, die ich stets im Büro aufbewahre, um den Gatten wiederzubeleben, dem ich zuvor das positive Ergebnis meiner Nachforschungen mitgeteilt habe. Komisch, aber der Mann hat eben oft das Bedürfnis nach einem Stärkungstrunk, wenn er die Hörner auf seiner Stirn entdeckt; die Frau dagegen denkt im umgekehrten Fall eher an Rache, und die besteht gewöhnlich darin, daß sie für Übereinstimmung auf den ehelichen Stirnen sorgt, als ob der untreue Gatte ihr einen Freifahrtschein für den *Fremdverkehr* ausgestellt hätte; eine moralische Entlastung sozusagen.

Es klopft an der Tür, und ich erkenne durch die Mattglasscheibe die Umrisse von René-Charles.

– Komm rein! rufe ich.

Er stößt die Tür auf, bleibt auf der Schwelle stehen und mustert mich mit seinem Cockerspanielblick. Wie er mir auf den Wecker geht, wenn er das tut. Er weiß es, der Hund, und er weiß auch, daß ich ihn einfach nicht schlagen kann...

– Scheiße, komm rein, wiederhole ich... Ich bin schließlich nicht ansteckend!

Er gehorcht, macht die Tür hinter sich zu, starrt mich immer noch wortlos an. Bestimmt hat er damit gerechnet, daß Culculnacci mich gleich mitnimmt.

– Nun? fragt er mich endlich.

– Nun sitze ich in der Tinte...

– Wegen der Mauves-Geschichte?

– Ins Schwarze getroffen... Erinnerst du dich an Vater Pancrace, den Kerl, der gestern morgen auf uns geschossen hat?

– Natürlich... Seinetwegen wollte Monsieur Brunel dir doch einen Auftrag geben.

– Richtig, und dieser Auftrag hat sich von selber erledigt... Man hat Vater Pancrace erhängt an seinem Lieblingsolivenbaum aufgefunden.

– Was!

– Tot, und mit ihm erledigt sich auch das Nutzungsrecht an dem Stück Land innerhalb des Gutes... Jetzt kann die Azuréenne der Niçoise das Ganze abkaufen und die Fundamente legen, wann immer sie Lust dazu hat.

Der Immobilienhändler sieht mich mit seltsamer Miene an.

– Ich habe Vater Pancrace nicht aufgehängt, beteure ich, um ihn zu beruhigen.

– Das habe ich keinen Augenblick gedacht...

So ein Heuchler!... Er schlägt einen wehmütigen Ton an:

– Dann kann ich mich wohl von einem Büro auf der Avenue Médecin verabschieden.

Ich antworte nicht. Er fügt hinzu:

– Letztlich hat es nichts genutzt, daß ich dir die Aperitifs und das Feinschmeckermenü in dem Restaurant spendiert habe... Wenn ich schon mal eine verkaufsfördernde Investition tätige...

Fehlt nicht viel, und er fordert mich auf, ihm das Geld zurückzuzahlen. Ein Idiot, dieser Macker!

– Du mußt verstehen, René-Charles, sage ich zu ihm... Wenn ich untergehe, nehme ich dich mit. Wir saufen ab wie Schiffbrüchige mit schlappen Rettungsringen.

– Aber ich habe doch nichts getan...

– Ich habe auch nichts getan... Nur darfst du nicht vergessen, daß du als Vermittler zwischen Brunel und meiner Wenigkeit gedient hast! Du hast womöglich kassiert dafür.

– Versprechungen, nichts als dieses Versprechen für den Exklusivverkauf...

– Und du hast es geglaubt... Du hast geglaubt, die Azuréenne, die Wohnblocks von zweihundert Einheiten pro Stück verkaufen will, würde ausgerechnet dich, einen kleinen privaten Immobilienmakler, damit beauftragen, ihr Programm zu vermarkten.

– Ich bin ein Hanswurst, willst du das sagen?

Ich nehme eine Zigarette aus der Schachtel.

– Was ich sagen will, René-Charles, ist, daß ich gern wüßte, wie es dir gelungen ist, mit einem Mann wie Brunel in Kontakt zu kommen... Ich will dich nicht herabsetzen, aber du im Umgang mit den hohen Tieren des Immobiliengeschäfts von Nizza – da versagt meine Vorstellungskraft.

– Du hast ja recht...

Er zögert ein bißchen.

– ... Das liegt weiter zurück. Letztes Jahr hatte ich per Zufall ein möbliertes Luxusappartement an der Hand. Ich habe es an einen Mann vermietet, der von Zeit zu Zeit ein bißchen frische Luft brauchte. Du weißt, was ich meine...

– Ich weiß... Deine Kunden sind diejenigen, die anschließend dafür sorgen, daß ich meine eigene Klientel bekomme.

– Deshalb sind wir ja Freunde, Frankie... Für diesen Mann also habe ich die Angelegenheit so geregelt, daß er hochzufrieden war. Ich habe seinen richtigen Namen im Mietvertrag nicht angegeben, sondern selber als Vermittler gedient. Die Miete habe ich bar an die Eigentümerin bezahlt, eine alte

Jungfer, die im Cimiez-Viertel wohnt und von den Mieteinnahmen aus einem halben Dutzend Appartements lebt. Es sind Geschenke von ihren Liebhabern aus Zeiten, als sie noch mit ihnen umzugehen verstand... Und außerdem brachte mir das einen kleinen Nebengewinn.

Ich lächle.

– Und dieser Mann ist Brunel.

– Keineswegs, aber er kennt Brunel gut oder doch gut genug, um zu wissen, daß er eine Vertrauensperson suchte, die psychologisch versiert und in der Lage war, den alten Bézaudun zur Aufgabe seines Landes zu überreden.

– Und du, Freundschaft verpflichtet, hast sofort an mich gedacht.

– Ich habe Brunel aufgesucht und ihm den Handel vorgeschlagen, deine Beauftragung gegen das Exklusivverkaufsrecht.

– Und Brunel hat angebissen!

Ich betrachte den unsäglichen René-Charles. Dieses Schlitzohr Brunel aus der Hautevolee hat den jämmerlichen Kuhhandel nur akzeptiert, weil er einen hübschen kleinen Hintergedanken im Kopf hatte, und der bestand meiner Meinung nach darin, jemanden zu finden, der die Rolle des Dummen spielte.

Ich zünde meine Pall-Mall an und huste leicht. Meine Kehle hat sich noch nicht von Culculnaccis Zigarrentabak erholt.

– Du solltest mir den Namen des Mannes nennen, für den du das Appartement gemietet hast, René-Charles.

– Es ist nur... Begreif doch, auch ich muß das Berufsgeheimnis wahren, ähnlich wie du, schon gar bei Leuten aus diesen Kreisen.

Ich starre ihn böse an.

– Hör mir gut zu... Culculnacci hat mir zu verstehen gegeben, daß ich den Beweis für meine Unschuld beizubringen hätte, wenn es sich denn um ein Verbrechen handelt. Mitgefangen, mitgehangen, sollte man mich beschuldigen, stehst du als Komplize da.

Er zieht eine skeptische Grimasse.

– Verlaß dich drauf, ich ziehe dich mit in den Schlamassel! sage ich drohend, und das scheint ihn zu überzeugen.

– Es ist Lamongie. Hubert Lamongie, der Mann, der Brunel das Mauves-Grundstück verkauft hat.

Lamongie, der Mann, der auch die Tochter des Generalratsmitgliedes geheiratet hat! Man mauschelt ganz schön in den oberen Kreisen. Das Nonplusultra, das Spitzenniveau der Kungelei! Und wenn sich in diesen Höhen eine Infektion ausbreitet, ist in Windeseile der Wundbrand da... Die Geschichte artet aus, und das fällt im allgemeinen auf die Kleinen zurück, die versucht haben, in den Filz einzudringen, wie René-Charles oder ich.

– Mach dir keine Sorgen, sage ich zu ihm... Wir werden uns aus dem Sumpf ziehen, auch wenn das in den Swimmingpools der Azuréenne ein paar Wellen schlagen wird.

Ich stehe auf, betrachte meine Schreibtischplatte, leer, fein sauber, und den Ablagekorb, an dem ein Etikett verkündet: *Eingangspost.*

– Das ist doch wirklich unerhört, sage ich. Drei Klienten, denen ich vertraut habe, sollten mir zur Begleichung des restlichen Honorars einen Scheck schicken, und was kommt? Nichts, kein einziger Brief seit Beginn der Woche.

– Ist doch klar, bemerkt der Immobilienmakler. Im Zentrum der Briefverteilanlage wird seit Montag gestreikt.

Das beruhigt mich.

– Noch etwas, sage ich zu ihm, du mußt mir die Adresse dieses famosen möblierten Appartements geben, das du anstelle von Hubert Lamongie bar bezahlst.

– Was willst du denn tun?

– Verhindern, daß wir vor dem nächsten Schwurgericht die Stars abgeben.

– Rue Jean-Lorrain 90...

– Wo ist das?

– Nicht weit von hier, die kurvenreiche Strecke, die vom Hafen zur kleinen Corniche hinaufführt.

Ich ziehe mein Jackett über. Dann öffne ich die rechte Schreibtischschublade, die einzige, die sich noch abschließen läßt, und betrachte den Revolver, den ich dort eher aus Vergnügen als aus beruflicher Notwendigkeit aufbewahre. Ich habe sowieso keinen Waffenschein, und es ist nur ein altes spanisches Modell aus der Zeit des Bürgerkrieges. Ich habe nie Patronen dieses Kalibers gefunden. »So was wird heutzutage nicht mehr gemacht«, war die Antwort der Waffenhändler, an die ich mich gewandt habe.

Ich sehe mir die Waffe an, zögere noch ein paar Sekunden und stecke sie in meinen Gürtel. Dann schließe ich die Schublade wieder ab und lächle René-Charles zu. Er beobachtet mich aus Augen, die geradezu staatsoberhäuptliche Gnade erflehen.

– Keine Angst, ich bringe niemanden um. Mit dieser Waffe ist das ohnehin völlig ausgeschlossen.

– Warum nimmst du sie dann mit?

– Weil man es so macht, antworte ich ihm und öffne die Tür.

* * *

Ich gehe zum Lancia Zagato hinüber, dessen linker Vorderreifen immer noch vollständig platt ist. Es sieht stark so aus, als ob der hintere in Kürze ebenfalls seinen Geist aufgibt. Die Flicken, die der Kraftfahrzeuglehrling angebracht hat, scheinen nicht die haltbarsten zu sein.

Ich markiere den Gleichgültigen, weil ich nicht die geringste Lust habe, vor der inzwischen übervollen Terrasse des *Café des cols bleus* ein Rad zu wechseln... Acht Uhr, das ist die Stoßzeit, der absolute Hochbetrieb. Die meisten Stammgäste an den Tischen sind inzwischen bei der fünften oder sechsten Pastis-Runde angelangt.

Jeannot kommt nicht mehr zur Ruhe. Er eilt im Nonstopverfahren hin und zurück, leere Gläser, volle Gläser. Da braucht man Energie und Gottvertrauen, denn wenn man sieht, wie sich die vollen Gläser in leere Gläser verwandeln, könnte man wundergläubig werden. Die Unterhaltungen über den Sport drehen sich jetzt nicht mehr um Pläne zu seiner Wiederankurbelung, sondern um Nostalgie, vor allem bei den Fußballanhängern.

– Oh, Fugnasto, erinnerst du dich an den Kopfball beim Finale in Nürnberg? Parallel zum Boden ist der Spieler gehechtet. So ein Tor, das sieht die Jugend von heute so bald nicht mehr.

– Und wann war das, Gastino?

– 52 oder 56... Ich weiß nicht mehr, ob es das Jahr war, in dem wir den Doppelerfolg hatten.

Der alte Fan schlägt die Hände über dem Kopf zusammen.

– Wenn ihr Bravo oder Carniglia oder Ujlaki hättet spielen sehen, das war Klasse; keine Angeberei und das Netz dahinter in Fetzen, weil seit Saisonbeginn dermaßen viele Tore reingegangen sind...

Er will mich zum Zeugen anrufen, aber einer seiner Gesprächspartner mischt sich ein.

– Warum fragst du Frankie? Der war damals doch noch auf der andern Seite, nicht hier.

– Na und, antworte ich, meinst du vielleicht, wir verstünden nichts von Fußball?

Ich mache eine kreisende Bewegung mit der rechten Hand.

– Habt ihr schon vergessen, wie ihr beim Pokalspiel El-Biar gegen euer angeblich so großartiges Reims abserviert worden seid?

– Ein Unfall...

Ich krümme den Mittelfinger meiner rechten Hand und führe ihn in den Kreis, den ich aus Zeigefinger und Daumen der linken gebildet habe. Dann mache ich die Rein-Raus-Bewegung.

– Ohne Vaseline, ganz sachte, *musso-musso*.

Alle lachen gezwungen. Ich lasse sie sitzen und betrete das Café. Ich gehe direkt zur Kasse, hinter der der Chef gleichzeitig die Bestellungen registriert und sich mit den nächststehenden Gästen unterhält. Dazu feuchtet er sich ständig den

Mund mit Pastis an, den der festangestellte Schankwirt Nathan automatisch immer wieder nachfüllt.

– Willst du deine Portion Stockfisch für morgen bestätigen? fragt mich der Chef.

– Nein ... Oder doch, das auch, aber ich bin noch wegen einer anderen Sache hier ...

– Hast du Ärger, Frankie?

– Mein Lancia hat mich im Stich gelassen, und ich habe einen wichtigen Termin ...

– Eine Frau?

Ich mache ein Gesicht, das sagt, was er hören will. Er wühlt in seiner Registrierkasse und fördert einen Schlüsselbund zu Tage.

– Du kennst ja meine Kiste, der GS 1200 Club. Steht am Hafen in der Nähe des Zollgebäudes. Die Papiere sind unter dem Vordersitz mit Klebestreifen befestigt.

– Wann soll ich ihn zurückbringen?

– Wann du willst ...

Er steckt schon wieder in einer anderen Debatte.

* * *

Ich fahre mit dem 1200 Club auf den Privatparkplatz des *Acapulco*. Auf den ersten Blick hat es mit dem berühmten mexikanischen Strand nicht viel gemein, ein niedriger Bau, der ursprünglich vielleicht einmal weiß gewesen ist. Jetzt sieht er eher vergilbt aus. Auch die Leuchtreklame hat unter den Verheerungen der Zeit gelitten, wobei nicht auszuschließen ist, daß Nachtschwärmer nach überreichlichem Konsum der guten Dinge, die drinnen gewiß geboten werden, mit Steinen ein bißchen nachgeholfen haben. Einige Buchstaben sind verschwunden und werden bestimmt vor der Sommersaison nicht ersetzt. Im Augenblick leuchten abwechselnd mal die einen, mal die anderen auf, wie Girlanden an einem Weihnachtsbaum:

AC--UL-- ACA-- LCO AC--UL-- ACA--LCO

Ein paar Wagen stehen hier und da herum, vorwiegend alte Modelle, die ihre beste Zeit hinter sich haben. Von einem Spitzenexemplar der Restaurants an der Côte kann wahrlich nicht die Rede sein. Es erinnert mich ein bißchen an diese lausigen Schuppen, die am Stadtrand untergebracht sind und die man oft in amerikanischen Wildwestfilmen sieht. Drüben haben sie sicher die alten Saloons abgelöst. Hier dagegen...

Es gibt ein gutes Dutzend chromblitzender Amischlitten auf dem Parkplatz. Ganz hinten, in der Nähe eines Wohnwagens, der verlassen aussieht, entdecke ich den CX Prestige, in dem ich schon einmal eine Spazierfahrt machen durfte.

Ich bleibe am Steuer sitzen, rauche und denke nach, die angezündete Zigarette zur Handfläche gedreht, damit man die Glut nicht sieht. Das können nur die echten Profis.

Ich werfe einen Blick auf meine Quarzuhr mit den Leuchtziffern. Jetzt liege ich schon bald drei Stunden auf der Lauer und schlage die Zeit mit Rauchen tot. Gleich zu Beginn habe ich zwei Schinken-Sandwiches verschlungen und eine Dose Bier nachgegossen, aber das hat nicht lange vorgehalten... Die Warterei, immer diese einsame Warterei. Beinahe ein Gefühl wie Furcht. Ich habe es oft verspürt, wenn ich hinter Ehebrechern her war. Heute geht es darum, mich selber aus der Klemme zu befreien... Also warte ich!

Als ein neuer Wagen ankommt, ducke ich mich, damit mich die Scheinwerferstrahlen nicht einfangen. Die Gäste hier sehen eher aus wie Hinterwäldler, die etwas hermachen wollen, Marke Handelsvertreter, die den Marketingchef spielen. Talmi, keine Klasse... Die Männer sind elegant gekleidet, der letzte Schrei, von der Stange gekauft, und die Mädchen laufen in Uniprix-Abwandlungen von Courrège-Kleidchen herum.

Jedesmal, wenn die Tür sich öffnet, trägt der Wind Musikklänge an mein Ohr, Reggae oder Salsa, und ich kann mir vorstellen, daß da drinnen ein gewaltiges Nahkampfgeschiebe zugange ist. Ich würde liebend gern einen Blick darauf werfen, aber ich muß mich an meinen ursprünglichen Plan halten.

Fast zwei weitere Stunden vergehen. Ich habe allmählich die Schnauze voll von der idiotischen Warterei und nehme mir vor, noch eine halbe Stunde und keine Minute länger zu bleiben. Mama wird sich zu Hause die schlimmsten Sorgen machen, weil ich vor lauter Aufregung über diesen Fall nicht einmal daran gedacht habe, sie anzurufen.

Kurz nach ein Uhr dreißig morgens wird die Tür des *Acapulco* wieder geöffnet. Aber anders als in den vorangegangenen Fällen sind es diesmal keine Gäste auf der Suche nach einem ruhigen Plätzchen, die herauskommen. In den anderen Wagen in meiner Umgebung wird nach allen Regeln der Kunst gevögelt. Das scheint jedoch die beiden Gestalten nicht zu reizen, die ich sogleich erkenne, vor allem den Kleinen mit den O-Beinen, der wie Lucky Luke marschiert. Der Jockey, und der andere ist der Mann im schwarzen Anzug, Daniel Pignard, der Chef des Schuppens. Sie steuern beide den CX Prestige an. Nicht besonders verlockend. Ich denke mir, der Jockey schleppt seine dicke Automatikpistole mit sich herum und ist verrückt genug, sie auch zu benutzen. Na ja, damit muß ich leben...

Schließlich steigt nur Pignard in den CX, während der Jokkey wieder im Tanzlokal verschwindet. Ich werfe den Motor des 1200 Club an, ein wahres Wunder der Mechanik, ein Uhrwerk. Ich warte, bis der CX an mir vorbeifährt, dann lege ich behutsam den Gang ein und setze mich dreißig Meter hinter ihn. Ich darf ihm nicht zuviel Spielraum lassen, sonst hängt er mich in der nächsten Kurve ab, einfach indem er das rechte Pedal ein bißchen kitzelt.

Hintereinander fahren wir über die untere Corniche in Richtung Nizza. Pignard sieht nicht so aus, als wollte er den Rennfahrer spielen. Man hat eher den Eindruck, daß er mehr von einer langsamen Spazierfahrt hält. Mehrere Wagen überholen uns hupend, nachdem sie uns mit ihrem Scheinwerfergeblinke die Iris verärgert haben.

In Villefranche nimmt er plötzlich die Einbahnstraße, die in breiten Kurven zum Hafen hinunterführt. Er meidet den kleinen Platz, fährt an der Kapelle Jean Cocteau vorbei auf die Uferstraße, dann an den Restaurants entlang in Richtung Plage des Marinières, eine Sackgasse, die zu dieser fortgeschrittenen Nachtstunde bestimmt ausgestorben ist. Übrigens sind sogar die Restaurants schon fast alle geschlossen.

Ich mache einen freien Parkplatz aus, der im rechten Winkel zur Uferstraße liegt, manövriere mich im Rückwärtsgang hinein, so daß ich ohne weiteres Rangieren die Beschattung jederzeit wiederaufnehmen kann. Ich verfolge mit den Augen die Rücklichter des CX . Sie bewegen sich bis zu dem runden Platz, der das Ende der Straße darstellt. Dort hält der Wagen an. Trotz der Entfernung erkenne ich die Umrisse von Pignard... Die helle Flamme seines Feuerzeugs... Er raucht eine Zigarette und betrachtet die Bucht. Wirklich eigenartig, als romantischen Heini hatte ich ihn mir nicht vorgestellt.

So verweilen wir eine halbe Stunde, dann fährt der CX wieder los. Ich werfe den Motor an, damit ich bereit bin, und als er auf meiner Höhe ist, gehe ich in Deckung, um nicht gesehen zu werden... Ich lasse ihm eine Kurve Vorsprung und nehme geschmeidig die Verfolgung auf.

Wir sind wieder auf der Corniche, immer noch Richtung Nizza, mittlere Geschwindigkeit, keinerlei Hektik. Ich fange an, schläfrig zu werden, als er plötzlich beschleunigt. Er scheint es auf einmal eiliger zu haben, obwohl ich bezweifle, daß seine einsame philosophische Betrachtung des unendlichen Meeres ihn auf Gedanken gebracht hat.

Am Fuß des Mont Boron wechseln wir die Richtung und fahren über den Boulevard Carnot zum Meer hinunter. Wieder nach links... Ich kann ein Straßenschild erkennen... *Avenue Jean-Lorrain* In dieser Gegend sind die alten Barockvillen aus den dreißiger Jahren Luxushäusern mit unverbaubarem Blick auf die Baie des Anges gewichen... Nach einer letzten Kurve verschwindet der CX in der Einfahrt einer Tiefgarage. Ich fahre weiter, halte nach ungefähr dreißig Metern an und stürze im Laufschritt zu dem Gebäude. Ich muß Pignard erwischen, bevor er sich in einer der Etagen verliert, und das ist einfach zu bewerkstelligen, weil der Aufzug auch aus den untersten Parkdecks noch Leute einsammelt.

Die doppelte Glastür, die zur Halle führt, ist geschlossen. Ich suche am linken Flügel nach dem Knopf, um den Öffnungsmechanismus zu bedienen. Normalerweise befindet er sich dort, aber hier entdecke ich nur eine Art Telefontastatur, die in den Marmor eingelassen ist... Ein Kombinationsschloß... Ich gebe auf gut Glück Zahlen ein, drücke gegen die Tür, aber sie rührt sich nicht. Die Chancenaufteilung steht nicht zu meinen Gunsten, und ich habe wirklich keine Zeit, alle Kombinationen durchzuprobieren.

Als ich mich vorbeuge, kann ich die beiden Aufzüge unten in der Halle erkennen, die in Dunkelheit getaucht ist. Oberhalb der Tür des nächststehenden leuchtet ein Licht auf und wandert an dem Metallsims entlang. Das muß Pignard bei seiner Aufwärtsfahrt sein.

Es bleiben mir nur zwei Möglichkeiten: den Rest der Nacht weiter in meinem Versteck zu verbringen oder die Adresse zu notieren und umzukehren... Zwei vergoldete Ziffern sind auf dem anderen Flügel der Doppeltür angebracht... 90... *Avenue Jean-Lorrain* 90... Hier spielt René-Charles also den Vermittler für das möblierte Appartement, in dem Hubert Lamongie sich austoben kann!

Ein Zufall...

Ich trete den Rückweg zum 1200 Club an. Nicht nötig, sich noch länger die Beine in den Bauch zu stehen. Gerade als ich die Hand auf den Türgriff des Wagens lege, spricht, nein, haucht mich eine mir bereits bekannte Stimme an:

– Puntacavallo...

Die Gestalt löst sich von dem dicken Wagen, hinter dem sie sich verborgen haben muß. Ich erkenne sogleich den Jockey mit seinem schurkischen Lächeln und dem obligatorischen 45er Colt.

– Du bist von der dickköpfigen Sorte, was, Puntacavallo?

Ich sehe mich rasch um. Zu dieser Zeit ist die Straße ausgestorben, und selbst wenn ich brüllte, steht fest, daß kein Mensch mich hören würde. So ist das immer bei diesen Luxuswohnungen mit Doppelglasfenstern, die sie noch schalldichter machen.

– Weißt du eigentlich, daß du auf dem besten Wege bist, dir verdammte Schwierigkeiten einzuhandeln, Puntacavallo?

– Ernsthafte Schwierigkeiten? frage ich, um anzugeben, aber auch, um Zeit zu gewinnen.

Er wird es nie wagen, hier zu schießen, ganz in der Nähe der Wohnung seines Chefs.

– Sehr ernsthafte, verkündet eine zweite Stimme genau hinter mir, während mich gleichzeitig eine Hand, die nur wenig kleiner als ein Löffelbagger ist, am Jackenkragen packt.

Das kann nur der Dicke sein. Ich drehe mich um, weil ich die Logik meiner Schlußfolgerung überprüfen will. Es ist der Dicke. Ich erkenne ihn für die Dauer der wenigen Sekunden, die dem Aufschlag seiner Faust vorausgehen. Bestimmt aus Zartgefühl läßt er diesmal meine bereits verletzte Lippe ungeschoren und entscheidet sich für mein linkes Auge... Die Sterne kehren wieder, und ich strecke mich so locker auf dem Bürgersteig aus, als wäre er mein Bett.

Dann kommt der Jockey dazu und traktiert meinen Körper mit den gemeinsten Fußtritten in die Rippen und sogar in Richtung Unterleib, den ich aber mit den Händen schützen kann.

– Du siehst, ich habe brav meine Suppe gegessen, sagt er zu mir.

Ich antworte ihm nicht, was zur Folge hat, daß er mir noch eine Runde spendiert. Er trägt wieder seine spitzen italienischen Schuhe. Scheißkerl!

– Komm, wir hauen ab, sagt der Dicke endlich.

Ich merke, daß der Jockey nur widerwillig von mir abläßt, aber sie verschwinden, und ich richte mich für die Nacht ein. Langsam lassen die Schmerzen nach... Ich friere ein bißchen, sicher die Meeresbrise. Ich versuche, die Decke über mich zu ziehen, muß aber feststellen, daß ich noch auf dem Bürgersteig liege.

Ich muß mich ziemlich anstrengen, um aufzustehen und am Steuer des 1200 Club Platz zu nehmen.

Achter Akt

In dem der Held, nachdem er seine Mutter mit seinem Aussehen erschreckt hat, Tips und sogar eine gewisse Ermutigung von seiten der offiziellen Polizei erhält.

Ich habe trotz einiger Aspirintabletten, die ich zur Linderung der heftigen Schmerzen an meinem Auge genommen habe, eine unruhige Nacht verbracht und bin früh wach geworden. Zum Glück schlief Mama schon, als ich nach Hause kam. Auf diese Weise hat sie mein blutbeflecktes Hemd nicht gesehen – die Wunde an meiner Lippe war wieder aufgeplatzt – und vor allem nicht die wunderschönen Farben, die Kreise um mein Auge zu ziehen begannen. Ich habe einen feuchten Waschlappen darauf gelegt, aber das Ergebnis heute morgen ist nicht berühmt. Ich sehe aus wie ein Boxer, der in seinem letzten Kampf nicht gerade die dominierende Figur war.

Acht Uhr dreißig...

Ich setze einen Fuß auf den Boden... Besonders in den Rippen ziept es, sicher die Fußtritte des Jockeys, als ich am Boden lag. Den werde ich mir vorknöpfen... Ich schlüpfe in meinen Bademantel und setze mich dann wieder auf die Bettkante, um zu Kräften zu kommen. Ich fühle mich nämlich ungefähr wie auf einer Schiffsbrücke bei schwerem Seegang.

Ich taste, finde meine Zigaretten, schiebe mir eine zwischen die Lippen, zünde sie an... Es ist sehr leichter, heller Tabak; trotzdem reizt er meine Kehle, bringt mich zum Husten, und prompt sind meine Interkostalschmerzen wieder da.

Langsam komme ich wieder in Form, wie ein Sportler, der gerade seine Glanzleistung vollbracht hat und sich erholt. Bei mir sind es natürlich nicht die Muskeln, die ich besonders in Anspruch nehme, sondern das, was in meinem Kopf steckt, mein Reflektionsvermögen eben!

Ich rufe mir die Ereignisse von gestern abend in Erinnerung, die geruhsame Beschattung des CX und Pignards Verschwinden in der Tiefgarage. Anschließend die zweite Abreibung, die mir seine Handlanger verpaßt haben. Wieso konnten sie da sein und auf mich warten, obwohl ich gesehen hatte, daß der Jockey im *Acapulco* geblieben war, als ich die Verfolgung seines Chefs aufnahm?... Die Antenne... Das ist es, die dicke Antenne auf dem Dach des CX Prestige gehört bestimmt zu einer Sprechfunkanlage, über die er sie gewarnt hat... Damit klärt sich alles auf... Seine langsame Fahrerei und seine lange Meditation angesichts des Meeres am Strand von Villefranche. Alles Tricks, um Zeit zu gewinnen, den Handlangern Zeit zu verschaffen, damit sie vor mir am Boulevard Jean-Lorrain eintrafen.

Wer sagt, ich hätte mich an der Nase herumführen lassen, liegt nicht ganz falsch. Aber immerhin habe ich dabei etwas gelernt. Pignard, der Besitzer eines lausigen Bumslokals, wohnt in dem Gebäude, in dem Hubert Lamongie, der Schwiegersohn des Generalratsmitgliedes, heimlich eine Junggesellenwohnung gemietet hat. Und ausgerechnet Ratsmitglied la Portanière hält Aktien an der Baugesellschaft Azuréenne... Und ausgerechnet die Handlanger von Pignard sind auf dem Mauves-Grundstück gewesen, in der Nähe des Olivenbaums, an dem Vater Pancrace erhängt aufgefunden worden ist... Eine reizende Bescherung!

Diesmal stehe ich auf und gehe leise über den Flur, um einen Blick ins Eßzimmer zu werfen. Mama wird noch schlafen. Seit sie die grünen Pillen nimmt, die Doktor Farrugia ihr gegen die nächtlichen Ängste verschrieben hat, schläft sie wie ein Engel. Jedenfalls behauptet sie das...

Ich betrete das Badezimmer, pflanze mich vor dem Spiegel auf und studiere aufmerksam mein Gesicht.

In puncto Ästhetik ist es nicht das Wahre; mein linkes Auge prangt inmitten einer nuancenreichen Farbpalette, in der Lila und ein Blauton mit feinen gelben Streifen leicht dominieren. Dazu das Pflaster, das ich mir auf der rechten Seite an die Oberlippe geklebt habe – nicht unbedingt der Inbegriff des strahlenden jugendlichen Helden.

– *Aaaahhh, mein Sohn, mein einziger, du bist tot!*

Ich zucke zusammen bei dem Schrei, den Mama gerade ausgestoßen hat, und drehe mich um. Sie steht auf der Türschwelle, und was sie als Spiegelbild entdeckt hat, wird jetzt zur grausamen Wirklichkeit. Ich sehe den Schmerz in ihren Augen und spüre, wie es ihr das Mutterherz umdreht.

– Diesmal, mein Sohn, haben sie dich getötet!

– Nein, Mama, nur eine kleine Auseinandersetzung mit Ganoven.

– Aber wie viele waren es? Fünf?... Zehn?

– Fünf, Mama. Vier haben mich festgehalten, und einer hat geschlagen...

– Was für ein Unglück und was für Feiglinge!

– Das ist der Beruf, Mama, das muß man auf sich nehmen.

Ich rede gern so, weil mir scheint, daß es die Schmerzen etwas lindert. Mama stemmt die Fäuste in die Hüften.

– Was dich betrifft, Frankie, so ist es in der Tat dein Beruf, aber ich, deine Mutter, habe ich danach verlangt, zu leiden, wie ich jetzt leide?

– Ich bin es, der die Schläge eingesteckt hat, Mama.

– Eines solltest du wissen: Wenn der Sohn einer Mutter Schläge einsteckt, ist das so, als ob sie selber sie eingesteckt hätte!

Sie kommt näher, nimmt mein Gesicht in die Hände und untersucht es.

– Man hätte gleich nach dem Schlag ein Schnitzel drauflegen sollen. Jetzt ist es zu spät. Das Veilchen wird sich auf deinem Gesicht ausbreiten wie Tomatenpüree...

Plötzlich tritt sie zurück und schlägt sich mit der flachen Hand an die Stirn.

– Mein Gott … Und ausgerechnet heute abend kommt Rita Castamougna mit ihrem Bekannten und deiner Zukünftigen zu uns zum Diner.

– Es ist keine Schande, wenn man sechs gegen einen verprügelt worden ist …

– Nein, aber du mußt auch an meinen Ruf denken. Ein Ehemann, der seit sechs Monaten in Marseille wohnt, eine lauwarme Tochter, die mit ihrer Schulfreundin in wilder Ehe lebt, und ein Sohn, dessen Gesicht aussieht wie ein Bild von Picasso.

– Wenn du willst, komme ich zum Abendessen nicht nach Hause.

– Tu mir das nicht an, Franklin … Wo schon deine Schwester Marilyn nur noch herkommen will unter der Bedingung, daß ich auch ihre Freundin einlade.

– Gracieuse Solomon?

– Natürlich! Gracieuse Solomon … Meine Tochter ist schließlich seriös und wechselt nicht dauernd die Freundinnen!

Mama sieht sich noch einmal mein Gesicht an und zuckt mit trauriger Miene die Achseln.

– Ich mache Kaffee, während du dich duschst … Gib acht, nicht zuviel warmes Wasser auf den Kopf, sonst läuft dir das gesamte Auge aus.

Ich gebe mir Mühe und schaffe es, mich zu rasieren, ohne daß ich meiner Oberlippe zu nahe komme. Das wäre vielleicht die Gelegenheit, mir einen Schnurrbart wachsen zu lassen und Clark Gable ähnlich zu werden. Was die Weiber betraf, brauchte der ja auch nur mit dem Finger zu schnipsen, dann kamen sie angerannt wie die Katzen in der Fernsehwerbung, wenn man ihnen die Schnurrschnurr-Dose zeigt.

Ich ziehe eine schwarze Cordhose an, ein Polohemd der gleichen Farbe und schlüpfe wieder in meine Lederjacke, Marke Sensationsreporter.

Bevor ich den Kaffee trinke, telefoniere ich mit meinem Freund Daniel Ben Sussan, der den Gebrauchtwagenhandel hat. Ich erkläre ihm, was mit den Reifen meines Zagato passiert ist.

– Nicht so schlimm, eigentlich hast du sogar Glück, verkündet er mir. Ich habe gerade vier Räder mit Leichtmetallfelgen gekriegt, mit fast neuen Michelin XAS-Reifen drauf, Rallye-Reifen…

Das Gute bei Daniel Ben Sussan ist, daß der Kunde immer Glück hat… Er nie… Es ist stets ein Opfer für ihn, wenn er sich von seiner Ware trennt.

– Was willst du haben für deine Felgen?

– Weil du ein Freund bist und weil ich weiß, daß du dich auf sportliches Fahren verstehst, lasse ich sie dir mit den montierten Reifen für tausendfünfhundert Francs…

– Anbringung eingeschlossen? frage ich ihn.

– Anbringung eingeschlossen.

– Und meine alten Felgen, nimmst du sie zurück?

– Rücknahme eingeschlossen.

Bevor ich nachdenken kann, fragt er mich:

– Wo steht der Zagato?

– Auf der Uferstraße, direkt gegenüber dem *Cols bleus*.

– Ich schicke gleich Toussaint vorbei, damit er die Räder austauscht. Soll er dich abholen kommen?

– Nein, ich habe den GS von Antoine, dem Wirt des *Cols bleus*. Den muß ich ihm zurückbringen.

– Wie du meinst, Frankie… Und komm gelegentlich mal auf einen Aperitif in die Ausstellung.

– Versprochen.

Ich lege auf. Die Ausstellung ist der Parkplatz, auf dem seine Modelle »Sport und Prestige« zu sehen sind, und wenn er mich zum Aperitif einlädt, dann, weil ich ihm bei der Gelegenheit die Felgen bezahlen soll. Es ist unglaublich, was für ein Fingerspitzengefühl er im Umgang mit seiner Kundschaft hat.

– Der Kaffee ist fertig! ruft Mama aus der Küche.

* * *

Als ich das *Café des cols bleus* verlasse, stoße ich um ein Haar mit Culculnacci zusammen. Er hält mich mit der vorgestreckten Hand auf, sieht mich prüfend an und nimmt mir dann mit der anderen Hand die Sonnenbrille ab.

– Oh, Frankie!

Er betrachtet mich mit dem gleichen Blick wie Mama vorhin, wie der Chef des Cafés und wie der Terrassenkellner Jeannot vor fünf Minuten.

– Bist du gegen eine Tür gelaufen, Frankie?

Das habe ich den Leuten im *Café des cols bleus* erzählt, um den verletzenden Kommentaren zu entgehen, aber ich weiß aus Erfahrung, daß das beim Polizeiinspektor nicht so gut verfangen wird.

– Bist du meinetwegen hier? frage ich ihn.

Er schleppt mich zu einem abseits gelegenen Tisch ganz hinten im Saal, wo sich normalerweise die Verliebten verstekken, aber nie zu einer so frühen Morgenstunde. Übrigens ist das Café fast leer bis auf ein paar Docker, die Frühstückspause machen, und Geschäftsleute aus dem Viertel, die sich zwischen zwei Kunden erfrischen kommen, darunter fast immer der, den sie Titin die Molluske nennen. Er ist Inhaber des Fischgeschäfts an der Rue Ségurane, und der Spitzname bezieht sich auf seine Fähigkeit, sich am Tresen festzuklammern wie die Molluske auf ihrem Felsen. Ein Mann, der hier Respekt genießt, und neben dem Chef sicher der einzige, der alle Rosé-Weine der Provence zu benennen weiß, ohne auf das Etikett zu sehen.

– Nimmst du einen Kaffee? fragt mich Culculnacci.

– Einen starken, ja...

Er winkt nach Jeannot, der ehrerbietig nickt. Es ist hier allgemein bekannt, daß Culculnacci ein offizieller Bulle ist und daß wir schon Freunde waren, lange bevor ich drei Stockwerke höher mein Büro aufgemacht habe. Ich will ihn zwar nicht kränken, sage aber oft zu ihm:

– »Weißt du, Ange, es ist vielleicht besser, wenn du dich nicht zu häufig mit mir zeigst.«

– »Weil ich Bulle bin?«

– »Nein, nein, wie kannst du so etwas denken... Im Gegenteil, ich meine es gut mit dir, wenn ich das sage... Du darfst nicht vergessen, daß du Beamter bist und daß die Polizei besonders in den Mittelmeerländern nur allzu leicht Gerüchten zum Opfer fällt...«

Wenn ich so mit ihm rede, lächelt er mich nur wortlos an. Heute hat er ein frisches Hemd angezogen, und das fällt auf, vor allem weil es von sehr hellem Beige ist. Dazu trägt er wie immer seinen Krawattenstrick. Ich stelle außerdem fest, daß seine Haare sehr ordentlich an die Stirn geklatscht sind und sich vom Nacken in einer hübschen Wölbung nach oben ziehen. Ich bin ziemlich sicher, daß Culculnacci neben den Rokkern einer der wenigen ist, die noch Pomade benutzen. Eines Tages muß ich ihn fragen, woher er die bezieht.

Jeannot bringt den Kaffee, setzt die beiden Tassen vor uns ab und wartet, weder auf Geld noch auf Trinkgeld, nein, einfach um des Wartevergnügens willen, vielleicht auch, um eine Information aufzuschnappen, eine Klatschgeschichte, mit der er seine Gäste während des Tages unterhalten kann, die er ausschmückt, für jedes Ohr zurechtstutzt, dies und das hinzuerfindet, je weiter die Zeit vergeht.

– Hast du etwas zu beichten, Jeannot? fragt ihn der Polizist.

– Nein, Monsieur Ange.

– Dann sieh auf der Terrasse nach, ob da nicht vielleicht Gäste auf dich warten.

Der Kellner zuckt die Achseln und begibt sich mit kleinen Schritten zum Tresen. Als er weit genug entfernt ist, um unsere Unterhaltung nicht mehr hören zu können, berührt Culculnacci sein linkes Auge und fragt mich:

– Eine Tür oder die Knilche von Pignard?

– Die Knilche.

– Sie haben also noch mal zugeschlagen?

– Ich habe es ein bißchen herausgefordert, weil ich ihren Chef verfolgt habe, als er das *Acapulco* verließ.

Der Polizist sieht ernsthaft interessiert aus.

– Allein?

– Ganz allein, ja…

Ich sage ihm nicht, daß der Erbe Lamongie unterderhand ein Appartement in dem gleichen Gebäude gemietet hat. Es ist im Grunde vielleicht nur ein Zufall, und ich habe kein Recht, das Privatleben eines Mannes aufzudecken, auch wenn ich ihn verdächtige, irgendwie in diese Sache verwickelt zu sein. Außerdem muß ich darauf sehen, daß ich immer eine Nasenlänge voraus bin, denn wenn Culculnacci mich auf ganzer Linie überholt, weiß ich, daß er mich nicht mehr braucht.

Er schlürft seinen Kaffee und holt eine seiner Zigarren heraus, die er zwischen seinen dicken Fingern weichknetet.

– Frankie, ich glaube, du bist der letzte, der den alten Bézaudun lebend gesehen hat.

– Und deshalb möchte auch ich liebend gern denjenigen finden, der…

– Der ihn aufgehängt hat, Frankie?

Ich wittere die Falle. Sie ist allerdings auch so groß wie ein Laster, der Melonen transportiert.

– Das habe ich nicht gesagt, Ange.

Er lächelt, zückt seine Haushaltspackung Streichhölzer, reißt eines an, bringt die Flamme an seine Zigarre.

– Diesen Brief haben wir in einer der Taschen des Alten gefunden.

Er nimmt einen Brief aus seiner Tasche und legt ihn auf den Tisch zwischen unsere beiden Kaffeetassen.

– Du kannst ihn lesen, sagt er zu mir.

Ich fange beim Umschlag an. Name und Adresse von Vater Pancrace in Großbuchstaben mit der Maschine geschrieben. Innen ein zweimal gefaltetes Blatt. Nur wenige Zeilen:

Pancrace Bézaudun.

Die Leute haben vergessen, aber ich nicht… Ich erinnere mich sehr gut, und ich weiß, daß deine Wahrheit zu Füßen des Olivenbaums liegt… Wie du dir denken kannst, wird sich so mancher dafür interessieren.

Ich lese den Text mehrmals, bis ich ihn auswendig kann wie ein Gedicht, dann falte ich das Blatt wieder zusammen und stecke es in den Umschlag.

– Du glaubst doch wohl nicht, daß ich das geschrieben habe? frage ich Culculnacci.

– Jetzt nicht mehr. Ich habe nämlich die Schreibmaschine in deinem Büro überprüft.

Ich lächle bitter, und er setzt seine scheinheilige Grimasse auf.

– Das ist der Beruf, Frankie... Wie du selbst so oft sagst, der Beamte ist einfach immer im Dienst. Das ist seine Art, dem Steuerzahler zu danken.

– Danke, Ange.

Er zieht ein bißchen an seiner Zigarre.

– Es wird kaum dieser Brief gewesen sein, der den alten Bézaudun dazu gebracht hat, sich aufzuhängen.

Ich gebe keinen Kommentar ab.

– Seine Tochter Irénée hat mir von seinem Pech in der Ehe erzählt, aber das hat sich schon vor dreißig Jahren abgespielt. Was meinst du, Frankie, du bist doch so etwas wie ein Fachmann. Hängt man sich auf, weil man vor dreißig Jahren gehörnt worden ist?

– Das hängt von der Größe der Hörner ab, erläutere ich mit Expertenstimme.

Ich stelle fest, daß Culculnacci jetzt den Selbstmord von Vater Pancrace in Betracht zieht und nicht mehr seine Ermordung durch ein paar übereifrige Handlanger. Das entlastet mich von der Rolle des Verdächtigen, befriedigt mich aber nicht so ganz. Deshalb sage ich:

– Wenn man einen solchen Brief erhält und er einen dermaßen beeindruckt, daß man Selbstmord verüben will, tut man es im allgemeinen sofort.

– Genau das ist passiert... Pancrace Bézaudun hat den Brief gestern morgen erhalten und sich gegen Mittag nach deinem Besuch erhängt... Womöglich hast du ihn sogar daran gehindert, sich eine Stunde eher zu erhängen!

Irgend etwas stört mich.

– Ange, ich sehe nicht, wie Vater Pancrace diesen Brief gestern morgen erhalten haben kann, wenn die Post seit Montag streikt.

– Die Briefverteilanlage in Nizza, Frankie, lediglich die Briefverteilanlage. Dieser Brief wurde jedoch am Abend vorher in Cantaron aufgegeben und folglich am nächsten Tag von dem Postboten ausgetragen, der alle Funktionen im Postamt aufrecherhält.

Culculnacci lutscht an seiner Zigarre, dann fragt er mich so ganz nebenbei:

– Du hast nicht vielleicht eine Vorstellung, wer diesen Brief geschickt haben könnte?

– Ehrlich gesagt, nein…

Die Handlanger von Pignard zu beschuldigen, scheint mir zu einfach, und was mir außerdem Kopfzerbrechen macht, ist der Inhalt des Briefs. Wegen so etwas hängt man sich nicht auf.

Culculnacci sieht mich an.

– Gestern abend habe ich lange mit meinem Chef, dem Abteilungsleiter Nicolas, über den Fall gesprochen… Er ist ebenfalls sehr verstimmt über die Wendung, die in der Angelegenheit eingetreten ist. Du kannst dir denken, warum…

– Die Mittelsmänner… vielleicht ein oder mehrere Killer, ferngesteuert von Pignard, über den man wiederum auf Brunel, Lamongie und zum Schluß, warum nicht, auf Hugues de la Portanière kommen könnte.

– Für den Chef sieht das so aus… Jedenfalls würde jeder gern einen Typ von deiner Sorte finden, einen übereifrigen, dem man die Sache als Betriebsunfall in die Schuhe schieben kann.

– Mit anderen Worten, Ange, dein Chef denkt ungefähr genauso wie Brunel.

– Im großen und ganzen ja…

Culculnacci seufzt.

– Sollte der alte Bézaudun sich selbst erhängt haben, wäre das ein glücklicher Ausgang für alle Beteiligten, für dich, für die Azuréenne, die ihre Siedlung bauen könnte, für la Portanière, der sich wenige Monate vor den nächsten Wahlen nur sehr ungern in die Nähe einer so trüben Affäre gerückt sähe... Aber dieser Brief, darin sind wir uns einig, konnte keinen Selbstmord auslösen.

Ich bin gezwungen, zuzustimmen, und diesmal ärgert mich das sehr.

– Weißt du, Frankie, ich fände es gar nicht übel, wenn dir eine gute Wahrheit einfiele, die Art von Wahrheit, die jeder ohne Hemmungen vor den Journalisten aufdecken könnte.

– Was nennst du eine gute Wahrheit, Ange?

Er lächelt, und ich verstehe.

– Und wieviel Vorsprung läßt du mir? frage ich ihn.

– Im Augenblick sind die Voruntersuchungen noch im Gange, und damit ist die Gendarmerie befaßt... Die Leiche des Alten ist ins gerichtsmedizinische Institut gebracht worden, so daß wir vielleicht Gewißheit bekommen, ob es Selbstmord war oder nicht.

Er legt das Gesicht in Falten.

– Um zu dem Ast zu gelangen, an dem man ihn gefunden hat, hätte der alte Bézaudun einen Hocker oder ähnliches gebraucht. Man hat aber nichts gefunden.

– Vielleicht ist er auf den Baum geklettert, hat sich die Schnur um den Hals gelegt und sich fallen lassen.

– Nicht sehr wahrscheinlich...

Ich sehe auf den Grund meiner Tasse wie die Frauen, die im Kaffeesatz lesen können, aber nichts, nur ein Rest geschmolzenen Zuckers.

– Übrigens, frage ich ihn, wer hat die Leiche gefunden?

– Sein Schwiegersohn, Félicien Langelier... Er ist Automechaniker im Dorf.

Ich richte mich wieder auf und sehe Culculnacci fest an.

– Eine einzige Frage, Ange. Wenn ich per Zufall einen Zusammenhang zwischen diesem Brief und der Immobiliengeschichte, zwischen dem Tod von Vater Pancrace und dem Personenkreis finde, von dem ich dir vorhin erzählt habe...

– Das wäre ärgerlich.

Er steht auf, betrachtet den Kai. Die Sonne steht jetzt sehr hoch, und es wird allmählich heiß.

– Der rote Lancia da, Frankie, der gehört doch dir?

– Der Zagato, ja...

– Schön, ein Neger ist gerade dabei, dir die Räder abzumontieren.

Ich stehe meinerseits auf wie ein Springteufel und lächle, als ich Toussaint erkenne, der meinen Rennwagen neu bereift.

Culculnacci zündet mit abwesender Miene seine Zigarre wieder an. Er sieht beinahe unglücklich, zumindest verstimmt aus, wie einer meiner Klienten, dem ich soeben die schlechte Nachricht verkündet habe.

– Was mich betrifft, sagt er, ich werde mal einen Spaziergang zum gerichtsmedizinischen Institut machen...

Ich sehe ihm nach, als er sich entfernt. Ich bin sicher, er verheimlicht mir etwas!

Neunter Akt

In dem der Held zum Gegenangriff übergeht und aus erster Hand, genauer aus dem Mund eines der Ganoven erfährt, daß sie Vater Pancrace zu keinem Zeitpunkt beseitigen, sondern dafür sorgen sollten, daß man ihn für unzurechnungsfähig hielt.

Ich warte, bis Culculnacci endgültig verschwunden ist, und mache mich dann auf den Weg zu meinem Büro. Als ich über den Flur gehe, klopfe ich leicht an die Tür des Immobilienmaklers... Nichts, nicht mal ein Atemzug... René-Charles ist nicht da. Ich hefte mein Ohr an die Tür... Wirklich nichts. Ich zögere vor der nächsten Tür, dem jüngst eingerichteten Massageinstitut von Line Danang. Sie wissen ja, die asiatische Kinesiotherapeutin. Ich poche leise an, und hier muß ich nicht lange warten.

Das Gesicht der Eurasierin taucht auf, ein strahlendes Lächeln, glänzende Augen, halb geöffnete Lippen, genau das richtige, um die Phantasie des Gesprächspartners anzuregen.

– Guten Tag, Monsieur Frankie, sagt sie zu mir.

Ganz schön vertraulich; zweifellos versucht sie mit allen Mitteln, meine Aufmerksamkeit auf sich zu ziehen. Ich möchte ihr Lächeln erwidern, aber es ziept zu sehr an meiner Oberlippe, und mir gelingt nur ein verzerrtes Grinsen.

Die Eurasierin kommt näher, berührt mich fast und starrt mir ins Gesicht.

– Nehmen Sie doch die Sonnenbrille ab, Monsieur Frankie.

Ich gehorche wie ein Kind. Ihrem Ausdruck nach kann mein Gesicht noch nicht wieder in Ordnung sein.

– Wo haben Sie sich das geholt, Monsieur Frankie?

– Das ist der Beruf, antworte ich müde... Zum Schluß nimmt man es gar nicht mehr zur Kenntnis.

– Aber das muß doch weh tun...

– Es sieht beim Gesicht nur besonders schlimm aus...

Sie streckt die Finger vor.

– Das tut Ihnen überhaupt nicht weh?

– Nicht sehr... Es schmerzt ein wenig in den Rippen, aber man ist ja einiges gewohnt.

Ein zauberhaftes Lächeln erhellt das Gesicht der Eurasierin.

– Ich bin sicher, eine kleine Massage mit Tigersalbe wird Ihnen außerordentlich wohltun, wispert sie und zieht dazu eine Grimasse, die höchst lieblich ihr Frätzchen kräuselt...[4]

– Nicht der richtige Moment, Prinzessin.

Ich wiege mich ein bißchen in den Schultern, aber ohne Übertreibung, nur um mich an meine Jacke zu gewöhnen, und sage dann:

– Der Job geht über alles, da muß sogar die weibliche Anmut zurückstehen.

– Schade, sagt sie und gibt ihrer Stimme eine Färbung, die die Wirbelsäule jedes normal veranlagten Mannes blank scheuert.

Ich mache zwei Schritte über den Flur auf mein Büro zu, kehre um und lege meine Hand an die Tür, bevor sie zugemacht wird.

– Haben Sie heute morgen vielleicht René-Charles gesehen?

– Nicht mehr seit gestern abend... (Sie überlegt.) Ich glaube, er mußte nach Saint-Raphaël, um ein paar dringende Angelegenheiten zu regeln.

Ich habe verstanden... Der Immobilienmakler hat sich doch tatsächlich verdrückt wie ein großer Junge und läßt mich ganz allein mit dem Schlamassel. Er hat schnell reagiert. In einem strittigen Fall ist es stets angeraten, sich herauszuhalten, bis der erste Schock vorüber ist, besonders wenn dieser einen anderen getroffen hat.

– Nicht mal ein Täßchen Tee? fragt mich die Eurasierin. Sie sieht mich von unten an und runzelt das Näschen dabei.

– Sie haben doch wohl keine Angst vor mir? fügt sie hinzu.

– Ich und Angst!

Trotz meiner verletzten Lippe lache ich schallend.

– Dann darf ich Ihnen eine Tasse Tee in Ihr Büro bringen, beharrt sie.

– Wenn Sie das reizt...

Komplizenhaftes Augenzwinkern des starken Raubtiers für die hübsche, schwache Kreatur, die ein bißchen Wärme sucht. Diesmal gehe ich bis zu meiner Bürotür, die nicht abgeschlossen ist. Ich bin es nämlich leid, sie überhaupt noch zuzusperren, weil offenbar sowieso jeder sie aufkriegt...

Ich bücke mich, um ein paar Briefe einzusammeln, die der Postbote unter die Tür geschoben hat. Der Streik ist also beendet.

Ich lasse mich nieder, fange mit den Rechnungen an – Telefon, Strom – und hebe mir die Briefpost bis zum Schluß auf. Zwei Briefe. In jedem ein Scheck, die Restbeträge von meinen Klienten, jedenfalls von den beiden, denen ich einen unbestimmten Bericht geliefert hatte, der ihre jeweilige Gattin entlasten konnte. Der letzte, der wirklich gehörnt worden war, hat sich zweifellos gesagt, er habe schon genug dafür bezahlt, es zu erfahren... Bleibt ein Umschlag, der weder Briefmarke noch Poststempel trägt; wahrscheinlich von einem Boten überbracht.

Mein Name ist draufgetippt. Ich mache den Umschlag auf und hole ein zweimal gefaltetes Blatt heraus. Ich weiß nicht, warum, aber die Papierkonsistenz erinnert mich an etwas. Es ist kein Briefpapier und kein normales Schreibmaschinenpapier. Es ist schwerer, gröber, mehr wie Vervielfältigungspapier.

Großbuchstaben, mit der Maschine geschrieben:

Puntacavallo.

Es wird Zeit, daß du aufhörst, nach Cantaron zu fahren und

deine Nase in anderer Leute Angelegenheiten zu stecken. Bulle, es ist ebenso unnötig, daß du dich als Journalist ausgibst.
Du bist gewarnt, Salut.

Ich lese den Brief mehrmals. Irgend jemand hat sich also die Mühe gemacht, mir diese Mitteilung unter die Tür zu schieben; irgend jemand, der wußte, daß ich Detektiv, nicht Journalist bin... Aber in diesem Fall habe ich die Tarnung als Journalist nur im Dorf Cantaron benutzt, als ich den Kraftfahrzeugmechaniker und Schwiegersohn von Vater Pancrace aufsuchte... Also?

Ich suche im Telefonbuch nach der Nummer von Pignard in der Avenue Jean-Lorrain 90 und notiere sie sorgfältig. Das gleiche mache ich mit der Nummer vom *Acapulco*. Ich beschließe, bei dem Bumslokal anzufangen. Die Zeit ist günstig, bestimmt sind nur die unteren Chargen da, denn das Führungspersonal von dieser Art Einrichtungen gehört im allgemeinen zur Marke Spätaufsteher.

Ich wähle die Nummer, warte, bis die Schaltkreise sich geschlossen haben. Am anderen Ende läutet es ziemlich lange, bis jemand sich entschließt abzunehmen. Eine Männerstimme mit einem leichten nordafrikanischen, aber sehr französisierten Akzent: Der Einwanderer, der schon länger im Lande ist.

– Hallo? frage ich, bin ich mit dem *Acapulco* verbunden?

– So is' es, M'siou.

– Ich möchte den Chef sprechen.

– Is' nur abends hie'...

Ich spiele den Dummen.

– Der Chef, das ist doch dieser kleine O-Beinige, der so aussieht wie ein Reiter?

– Oh nein... Das is' Goldpeitsche, M'siou Lino, aber e' schläft un' ich kann ihn nich' wecken!

– Dann gib mir den Großen.

– M'siou Ma'co?

– Genau, Monsieur Marco.

– De' is' schon f'üh weggegangen... De' kommt vo' Mittag nich' wiede'...

– Schön, dann rufe ich später wieder an.

– Is' auch gescheite', M'siou.

Ich lege auf, überlege ein paar Sekunden, taste nach der Innentasche meiner Lederjacke und treffe dort auf die sympathische Ausbeulung meines alten spanischen Revolvers. Das ist der Augenblick zum Handeln.

Es klopft... Die Tür geht auf, und die Eurasierin setzt vor mir ein schwarzlackiertes Holztablett ab, auf dem eine Tasse nebst Untertasse sowie eine kleine Teekanne stehen.

– Das wird Ihnen guttun, Monsieur Frankie.

Es ist das erstemal, daß sie mein Büro betritt. Deshalb sieht sie sich um, betrachtet die Einzelheiten, hält sich am Mobiliar auf, den Metallablagen, den Filmplakaten, die die Wände schmücken, meinem Diplom unter Glas, das direkt hinter meinem Sessel hängt.

Sie geht an eines der Fenster, die auf den Hafen zeigen und durch die das Sonnenlicht hereinflutet.

– Sie haben aber wirklich eine schöne Aussicht, sagt sie zu mir... Meine Praxis geht auf den Innenhof und ist düster, nicht besonders freundlich... Ich muß meistens bei elektrischem Licht arbeiten.

– Und das ist unangenehm? frage ich sie und schütte mir eine Tasse Tee ein.

Ich nippe daran. Er ist kochendheiß, so daß ich beschließe, eine Zigarette zu rauchen, während er ein bißchen abkühlt.

Die Eurasierin öffnet ein Fenster und beugt sich hinaus, um das weite Meer jenseits der Hafenmole zu betrachten. Das hat zur Folge, daß ihr Seidenkleidchen über dem Hinterteil spannt. Hübsch, ausgesprochen anschaulich... Endlich richtet sie sich wieder auf, dreht sich um und sieht mich lächelnd an.

– Ist er gut, mein Tee?

– Sehr gut, sage ich und trinke einen Schluck.

Ich reiche ihr meine Pall-Mall-Schachtel, aber sie lehnt ab.

– Danke, Frankie, ich rauche nicht. Das ist schlecht für die Kehle.

Wir sehen uns an.

– Man wird nie müde, das Meer zu betrachten, sagt sie zu mir.

– Das ist wahr, antworte ich.

Sie zieht ein freundliches Gesicht. Ich trinke noch einen Schluck Tee, merke, daß ich etwas sagen muß. Es gibt Momente, da habe ich eine Art Sprachhemmung, besonders wenn ich mit einer jungen, hübschen Frau allein bin. Einen Augenblick später legt sich das dann, und ich darf ohne Übertreibung von mir sagen, daß ich unwiderstehlich bin, aber am Anfang muß ich mir einen Schubs geben.

– Was sind Sie Ihrer Herkunft nach? frage ich... Ich meine, ich will sagen, stammen Sie aus Vietnam, aus Kambodscha oder woher?

– Ich bin in Bécon geboren, antwortet sie mir und erläutert: Ein Vorort von Paris, wie Sie vielleicht wissen. Das war wirklich nicht lustig, und ich fand, es regnete zuviel dort, deshalb habe ich mich hier an der Côte niedergelassen.

– Ganz allein, einfach so?

– Nein, mit meinem Sohn.

Ich bestätige es mit einem blöden Kopfnicken. Die Augen der Eurasierin werden noch glänzender.

– Er ist noch klein, drei Jahre, aber er kann schon prima laufen...

Sie lächelt mich an.

– Er heißt Jérôme.

Ich mache eine vage Bewegung, die alles sagen will und im allgemeinen gar nichts sagt. Dann leere ich den Rest der Tasse in einem Zug.

– Das tat gut... (Ich erhebe mich.) Aber jetzt muß ich aufbrechen.

Sie kommt auf mich zu.

– Passen Sie auf sich auf, Monsieur Frankie.

Ich habe ein eigenartiges Gefühl, als ich mein Büro verlasse, ungefähr so, wie wenn man im Traum die richtigen Lottozahlen sieht und sie dann nicht tippt.

* * *

Ich fahre den Lancia Zagato nicht zu nahe ans *Acapulco* heran und halte. Heute morgen bei hellem Tageslicht sehen die Gebäude noch kläglicher aus als am Vorabend, eindeutig das Hinterletzte, irgendwo zwischen unbebautem Gelände und Elendsviertel.

Ich gehe langsam näher, als hätte ich nicht die Absicht, das Lokal tatsächlich anzusteuern, eher wie ein unentschlossener Spaziergänger, der die Gegend bewundert. Die Umgebung ist menschenleer bis auf einen hünenhaften Nordafrikaner, der gerade ziemlich lustlos die Türschwelle fegt. Es würde mich nicht wundern, wenn er der Mann wäre, mit dem ich vorhin am Telefon gesprochen habe.

Hinten auf dem ausgestorbenen Parkplatz steht immer noch der angeschlagene Wohnwagen. Seine Räder sind durch kleine Betonblöcke ersetzt, auf denen er ruht wie ein Schiff, das in Saint-Tropez festgemacht hat. Ich hatte gedacht, der Jockey und sein Komplize könnten darin wohnen, aber jetzt, wo ich ihn im Hellen sehe, glaube ich, daß es nur die Höhle des Ausfegers sein kann.

Ich rücke vor und sage in meinem allerherzlichsten Ton:

– Salut…

– Salut, M'siou.

Er sieht mich aufmerksam an.

– Bist du Boxe', M'siou?

Ich verstehe nicht gleich, dann merke ich, daß ich beim Aussteigen vergessen habe, meine Sonnenbrille wieder aufzusetzen.

– Nein.

– Is' auch besse' fü' dich, wie du aussiehst, wä'st du als Boxe' bestimmt eine Niete!

Ich zwinkere ihm mit dem heilgebliebenen Auge zu.

– Ein Autounfall... Ich kann den Sicherheitsgurt nicht vertragen und bin an die Einfassung der Windschutzscheibe geprallt.

Der Nordafrikaner hat sich auf seinen Besen gestützt und wartet offensichtlich darauf, daß ich mich zum Weitergehen entschließe. Ansonsten sieht er so aus, als hätte er jede Menge Zeit.

– Ein schöner Laden, stelle ich fest und deute mit einer Kinnbewegung auf das verkommene Bauwerk.

Plötzlich hat er keinen Akzent mehr. Er scheint mächtig übertrieben zu haben.

– Ich kann mich nicht beklagen... Und außerdem ist es gut besucht, feine Leute, Leute, die mit Zaster nur so um sich werfen!

– Allem Anschein nach arbeitest du hier...

– Barkeeper, aber vormittags helfe ich ein bißchen beim Putzen.

Er betrachtet seinen Besen.

– Fertig mit der Fragerei, M'siou?

Ich lächle verzerrt wegen des Pflasters, das an der Oberlippe zieht, und offenbare ihm:

– Ich wollte mich unauffällig ein bißchen umhören, ich bin nämlich ziemlich sicher, daß ich auch hier anfangen werde.

– Sieh an, und wie heißt du?

– Julien... Monsieur Lino hat mir gesagt, daß ich heute morgen vorbeikommen soll.

– Goldpeitsche?

Ich spiele den Erstaunten, ganz zwanglos und natürlich.

– Ich wußte nicht, daß er so genannt wird.

– Um ihm eine Freude zu machen, ihn an die gute alte Zeit zu erinnern...

Der Nordafrikaner studiert mich aufmerksam. Eine Falte furcht seine Stirn, er ist plötzlich beunruhigt.

– Und welche Stelle hat M 'siou Lino dir versprochen?

– Hilfskellner, sage ich auf gut Glück und treffe ins

Schwarze, sicher zum ersten Mal seit Beginn dieser Untersuchung.

Er nimmt seinen Akzent wieder auf; vielleicht ein Spiel...

– Endlich haben sie beg'iffen, daß ich den T'esen nich' meh' schaffen konnte un' schon ga' nich' am Samstagabend.

Er lehnt seinen Besen an die Wand, stößt die Tür auf, macht mir ein Zeichen, ihm zu folgen.

– Komm, ich seh' nach, ob M'siou Lino jetz' wach is'.

Ich zögere für den Bruchteil einer Sekunde, bevor ich den Saal betrete. Er kommt mir sehr viel größer vor, als ich ihn mir von draußen vorgestellt hatte. Die Einrichtung entspricht dem amerikanischen Stil, Tanzfläche in der Mitte, Tische rings um sie herum aufgestellt und die Bar im Hintergrund versteckt.

Rechts neben dem Tresen ist eine doppelte Schwingtür, die wahrscheinlich zu den Küchenräumen führt. Links davon entdeckt man eine weitere, massivere, an der ein Kupferschild befestigt ist: *Privat*. Echt wie im Kino. Man könnte meinen, ein Film mit Jean Gabin.

Wir sind jetzt an der Bar angelangt.

– Wa'test du hie'? fragt er mich.

Er geht durch die als *Privat* gekennzeichnete Tür, läßt mich in dem schwach beleuchteten Saal zurück. Ich dürfte nur noch ein paar Minuten Zeit haben, um entweder Hals über Kopf abzuhauen oder zu bleiben und mein Glück zu versuchen.

Ich nähere mich der Doppeltür, lausche. Stimmengewirr, Geschirrklappern, bestimmt das Küchenpersonal, das schon bei der Arbeit ist.

Ich gehe zurück an die Bar und zu der anderen Tür. Weitere Minuten, vielleicht auch weniger, verstreichen. Ich höre Schritte, die schweren, ein wenig schleppenden des Barkeepers und andere. Plötzlich zögere ich nicht mehr, schleiche mich hinter den Tresen und kauere mich zusammen, damit man mich nicht sieht.

Die Tür geht auf, und der Barkeeper-Ausfeger betritt als

erster den Saal. Folgt der Jockey, der einen Bademantel über seinen Pyjama geworfen hat.

– Nun? fragt er.

– Da is' e' gewesen, an de' Ba'... Ich hab' zu ihm gesagt: »Wa'te hie' auf mich, ich hol' M'siou Lino...«

Ich beuge mich ein bißchen vor in meinem Versteck an der Ecke des Tresens und kann die beiden Männer sehen. Sie drehen mir den Rücken zu, marschieren in Richtung Tanzfläche.

– Hast du mir einen Bären aufgebunden? fragt der Jockey den Nordafrikaner.

Der schüttelt den Kopf.

– Nein, M'siou Lino... Nein, de' Typ is' angekommen un' hat mi' e'zählt, daß e' Julien heißt un' Sie ihn bestellt haben fü' die A'beit...

– Und du bist gerade dabei, mich auf den Arm zu nehmen ... Und du solltest wissen, daß ich das gar nicht gern habe.

– Ich mach' mich nich' lustig, M'siou Lino... Vielleicht is' e' in die Küche gegangen, was essen.

– Vergiß es, antwortet ihm der Jockey... Geh wieder an deine Arbeit, ich sehe in der Küche nach...

Er ruft ihn zurück.

– Und einen Hilfskellner wirst du so schnell nicht kriegen, es lohnt sich also nicht, verrückt zu spielen...

* * *

Die Zeit vergeht, und ich bin allmählich etwas verunsichert. Ich habe ganz auf ein Tête-à-tête mit dem Jockey gesetzt, und wenn der Nordafrikaner vor ihm zurückkommt, weiß ich nicht mehr so genau, wie ich sie mit meinem Revolver ohne Patronen in Schach halten soll.

Endlich taucht der Jockey wieder auf. Er hat ein dickes Sandwich in der Hand, das vor lauter Schinken nach allen Seiten überläuft. Er kaut mit nachdenklicher Miene, eine kleine Bierflasche in der anderen Hand. Er wirft einen Blick über den Saal, zuckt dann die Achseln und geht auf die *Privat*-Tür zu. Gerade als er sie mit der Fußspitze aufstößt, komme ich aus meinem Versteck, den spanischen Revolver in der Hand.

– Kein Geschrei, Lino, fordere ich ihn auf... Und dreh dich nicht um.

Wir gehen beide durch die Tür und gelangen auf einen engen Flur mit zwei weiteren Türen auf jeder Seite. Ganz hinten links ist eine von ihnen halb geöffnet.

– Bist du allein? frage ich ihn.

Er antwortet nicht, will offenbar den Unbeeindruckten markieren. Da setze ich ihm den Revolverlauf in den Nacken und spanne langsam den Hahn, was dieses leise Klicken erzeugt, das man in den Filmen immer hört.

– Dreh nicht durch, sagt er.

– Du hast recht, vor allem weil ich den Abzug weggefeilt habe. Seitdem ist dieser Ballermann unberechenbar und geht oft von ganz allein los...

Er versucht sich umzudrehen, aber ich verstärke den Druck auf die Waffe und frage ihn noch einmal:

– Bist du allein?

– Klar bin ich allein.

– Dann gehen wir auf deine Bude...

Er geht mir voraus in das Zimmer, dessen Tür halb geöffnet ist.

– Verzieh dich ans Fenster, fordere ich ihn auf, und dreh dich vor allen Dingen nicht um.

Er tut es, und es macht mir Freude, ihn gehorchen zu sehen. Die geschlossenen Läden vor der Nase, ißt er an seinem Sandwich weiter und trinkt dazu von Zeit zu Zeit ein Schlückchen Bier, als ob ihn meine Anwesenheit kaltließe.

Ich nehme rasch das Zimmer in Augenschein. Ziemlich klein, vielleicht insgesamt zehn Quadratmeter, einfach möbliert, ein Bett, noch aufgeschlagen, ein Schrank, ein Tisch und ein Stuhl aus weißem Holz, ein Nachttisch... Die Dekoration besteht jeweils zur Hälfte aus Plakaten mit Rennpferden und solchen mit nackten Mädchen. Ein paar Reitsportzeitschriften liegen auf dem Tisch herum. Auf dem Nachttisch finden sich ein Kofferradio und ein aufgeschlagenes Buch. Ich gehe hin und sehe mir den Titel an. Es ist eine Sammlung französischer Gedichte von Monsieur Pompidou.

– Kann ich mich umdrehen? fragt er mich.

– Ja, antworte ich ihm, aber du setzt dich brav auf den Stuhl...

Wieder gehorcht er und lächelt, als er mich entdeckt.

– Ich hatte deine Stimme wiedererkannt, Puntacavallo.

Er zieht ein anerkennendes Gesicht.

– Ich sehe, daß Marco dich gestern abend nicht verpaßt hat... Man muß Nachsicht mit ihm haben, er hat seine Kräfte nicht immer unter Kontrolle.

– Bei mir ist es der Abzug, den ich nur schwer kontrollieren kann, entgegne ich ihm.

Er versucht wieder zu lächeln, aber ich habe gesehen, wie sich Furcht in seinen Blick schlich. Er wird sich sagen, daß man einen Macker nicht dauernd verprügeln kann, ohne daß irgendwann ein Moment kommt, in dem dieser beschließt, sich seinerseits abzureagieren. Je stärker man auf ihn eingedroschen hat, desto stärker dürfte sein Wunsch nach Rache sein. Und wenn er dann auch noch eine Knarre in der Hand hat, kann das eine üble Wendung nehmen.

– Was willst du von mir? fragt er mich und legt den Rest seines Schinken-Sandwichs auf den zeitschriftenübersäten Tisch.

Wenn er keinen Hunger mehr hat, heißt das, ich beeindrucke ihn, und das muß ich mir zunutze machen.

– Vorgestern mittag war ich mit einem Freund auf dem Mauves-Grundstück, und man hat auf uns geschossen...

– Das war bestimmt der alte Bézaudun... Er war meschugge, und im übrigen hat er sich aufgehängt!

– Er war es nicht, der auf uns geschossen hat...

Ich senke die rechte Hand ein Stück, so daß der spanische Revolver jetzt auf seinen Magen zielt.

– Du hast gegessen und getrunken, sage ich zu ihm, und eine Verletzung im Wanst wird dir ganz schön zu schaffen machen.

– Du wirst doch wohl nicht schießen, Puntacavallo...

– Das hängt einzig und allein von dir ab. Ich habe nichts mehr zu verlieren, und bevor ich von den Bullen geschnappt werde, sähe ich es gar nicht so ungern, wenn du mit ein oder zwei Kugeln im Wanst zu Boden gehst.

– Reg dich nicht auf, Puntacavallo...

Er lächelt verkrampft.

–... Im Clos des Mauves, das waren wir, aber wir haben nicht aus böser Absicht geschossen, nicht um zu töten, nur um Besucher glauben zu lassen, daß der alte Bézaudun tobsüchtig geworden ist... Einfach so, wegen seinem Stück Land...

Er trinkt einen Schluck Bier.

– Das hätte alles einfacher gemacht... Die Niçoise hätte ihm ein Drei-Sterne-Heim als Tausch gegen sein Häuschen finanziert, und weil er meschugge war, wäre die Entscheidung an seine Tochter übergegangen.

– Das war mir klar, sage ich, um ihn zu beeindrucken... Was mich allerdings interessiert, ist der Name eures Auftraggebers.

Er lacht kurz und ziemlich unbefangen.

– Wir gehorchen dem Chef und versuchen gar nicht erst, mehr zu wissen als er... Das ist etwa so wie bei dir und deinem Berufsgeheimnis.

Plötzlich runzelt er die Brauen und reckt den Hals ein bißchen, um meine Waffe zu betrachten. Er lacht erneut, noch fröhlicher, wie mir scheinen will.

– Sag mal, Puntacavallo, weißt du, daß die Trommel deiner Waffe leer ist?

Mir fällt nicht sofort eine Antwort ein, und er nutzt die Gelegenheit, um von seinem Stuhl aufzustehen. Er kommt aber nicht auf mich zu, weil er sicher noch nicht ganz überzeugt ist von seiner Entdeckung.

– Das ist wie beim russischen Roulette, erwidere ich endlich... Komm näher, und du kannst überprüfen, was du da eben gesagt hast.

Er streckt seinen Zeigefinger aus.

– Ich sehe vier Kammern in der Trommel, und die sind leer.

– Bleibt allerdings die Kugel, die augenblicklich im Lauf liegt. Tatsächlich die wichtigste für dich…

Jäh fällt mir ein, daß er einen 45er Colt besitzt und daß die Waffe in diesem Zimmer sein dürfte. Er ist nämlich nicht von der Sorte, die sie vorm Schlafengehen an der Garderobe abliefert. In Anbetracht seiner eher leichten Bekleidung trägt er sie nicht am Körper…

Der Nachttisch am Kopfende des Bettes… Ich trete einen Schritt zurück, stoße mit der linken Hand die Sammlung französischer Gedichte zur Seite. Sie fällt zu Boden. Der 45er Colt ist tatsächlich da, und der Hahn ist gespannt. Bestimmt hat er sie durchgeladen, als der Nordafrikaner ihn geweckt hat.

– Es sind keine Patronen in deinem Schießeisen, sagt er noch einmal.

Eine Zehntelsekunde lang begehe ich den Fehler, automatisch den Blick auf den spanischen Revolver zu senken. Das nutzt er aus und schleudert die Bierflasche, die er in der Hand behalten hatte, mit voller Wucht in meine Richtung. Ich reagiere etwas langsam, erreiche mit einer Drehung aber immerhin, daß die Flasche an meine rechte Schulter knallt und nicht mitten in meine Visage. Es ist ein heftiger Stoß, ein elektrischer Schlag, und ich lasse gegen meinen Willen die Waffe los. Sie poltert auf den Boden.

Der Jockey ist zugleich mit seiner Wurfbewegung gesenkten Kopfes vorgestürmt, zu stürmisch vielleicht. Jedenfalls rutscht er auf der Bierflasche aus, die von mir abgeprallt ist. Er kann sich nicht halten und landet mit dem Kopf zuerst genau vor meinen Füßen.

Inzwischen habe ich die Automatik mit der linken Hand ergriffen und richte sie auf seine Stirn. Er sieht mich von unten an, hebt die Augen zu meiner Statur, die ihn überragt.

– Mach keinen Scheiß, Puntacavallo, brüllt er, dieser da ist geladen, und ich weiß, daß er einen lockeren Abzug hat…

– Leg dich auf den Bauch!

Er gehorcht unverzüglich, versucht nicht mal zu debattieren. Ich brauche etwas, um ihn zu fesseln, und entscheide mich für den Gürtel seines Bademantels. Ich bücke mich und ziehe ihn heraus.

– Leg die Hände auf den Rücken, weise ich ihn an.

– Einverstanden, Puntacavallo, alles, was du willst, nur richte diese Pistole nicht länger auf mich... Der Abzug...

– Er ist empfindlich, ich weiß... Da hast du wenigstens keine Lust, den Schlauberger zu spielen.

Ich knote eine Schlinge in den Gürtel und lasse mich dann auf seine Schultern fallen. Das nagelt ihn am Boden fest und macht ihn absolut bewegungsunfähig. Ich lege die Automatik zur Seite und stecke seine eine Hand in die Schlinge. Ein kräftiger Ruck, und er schreit:

– Das tut weh, du Idiot.

Lächelnd nehme ich seinen anderen Arm und verbinde ihn mit dem ersten zu brüderlicher Eintracht. Anschließend binde ich ihm die Füße zusammen, nicht ohne zuvor seine Beine angewinkelt zu haben. Das habe ich schließlich im Kino oft genug gesehen.

Das Ergebnis ist nicht überwältigend, aber er wird trotzdem eine gewisse Zeit brauchen, um sich zu befreien. Ich nehme die Waffe wieder zur Hand und baue mich vor ihm auf.

– Wir sprechen uns noch, Puntacavallo, brummelt er vor sich hin.

– Gewiß, mein Kleiner...

Ich drehe das Kofferradio auf... Radio Monte Carlo, eine Unterhaltungssendung mit Popmusik-Ausschnitten, die es wiederzuerkennen gilt. Genau das richtige... Volle Pulle... Dabei kann er ruhig schreien.

– Also dann, Lino, Salut, sage ich zu ihm.

Als ich schon auf der Türschwelle bin, kehre ich wieder um und versetze ihm zwei, drei Tritte in die Rippen, nicht sehr nachdrücklich, aber immerhin...

– Eines Tages bringe ich dich um, verspricht er mir.

– Gewiß, Lino, gewiß...

Zehnter Akt

In dem der Held in das Dorf im Hinterland zurückkehrt und dort, wo alles angefangen hat, von den zuweilen grausamen Wechselfällen im Leben des Pancrace Bézaudun und den daraus folgenden Konsequenzen erfährt.

Am späten Vormittag finde ich mich wieder in Cantaron ein. Hier scheint die Zeit stillzustehen, und nichts rührt sich. Alles sieht aus wie am Vortag. Die Sonnenstrahlen dringen durch das dichte Laubwerk der Platanen, der Brunnen steht immer noch in der Mitte des Platzes, und der Platz ist immer noch genauso ausgestorben. Die Kaufleute erwarten ihre Kunden im Schatten, hinter den Perlenvorhängen, die bei jedem Windhauch leise klimpern.

Ich stelle den Zagato an einem schattigen Plätzchen im Schutz eines Mauerwinkels unter einem Maulbeerbaum ab, damit er sich nicht in einen Backofen verwandelt und auch, damit man nicht auf mich aufmerksam wird. Nicht aus Scham oder falscher Bescheidenheit, nein, nur aus Diskretion, um unbemerkt zu bleiben.

Als erstes entdecke ich den Gendarmeriewagen, der vor der Autowerkstatt steht. Deshalb gehe ich zu dem Bistro-Zigaretten-Lotto-Pferdetoto-Pressehaus. Das ist ein anonymer Ort, wo niemand sich wundert, wenn er einen »Journalisten« antrifft…

Journalist… Sieht man einmal von Vater Pancrace selig ab, der ja wirklich nicht mit im Spiel sein kann, haben nur der Kraftfahrzeugmechaniker und seine Frau mich in meiner Rolle als Journalist kennengelernt. Andererseits wüßte ich gern, wie sie erfahren haben, daß ich Detektiv bin, und vor allem, wo mein Büro liegt, zumindest wenn sie es waren, die mir ihr Liebesbriefchen unter die Tür geschoben haben.

Auf den Tresen gestützt, die Sonnenbrille fest auf der Nase, so schlürfe ich einen Mini-Pastis, eine sogenannte *Mousse*.

Ich spüre, daß meine Anwesenheit die Neugier des Wirts geweckt hat. Zu dieser Stunde ist er fast allein in seinem Laden. Lediglich vier alte Männer klopfen hinten im Saal Karten, sicher Stammgäste, wie man sie in ländlichen Bistros immer findet. Sie sind wahrscheinlich ständig da, legen die Karten nur zu den Mahlzeiten weg oder wenn es auf den Abend zugeht und sie sich auf ein Boulespiel zurückziehen.

– Schön ruhig ist es hier, stelle ich fest, um irgend etwas zu sagen.

– Wir werden nie heimgesucht, nicht mal im Sommer, wenn die Touristen wie Wanzen über die Strände herfallen. Hier ist es immer ruhig...

Der Wirt kommt mit der Flasche in der Hand zu mir. Bevor ich protestieren kann, schenkt er mir lächelnd nach.

– Das geht auf meine Rechnung...

Er zieht ein freundliches Gesicht.

–... Das ist so üblich hier. Wenn der Gast zum erstenmal am Tag etwas verzehrt, gibt der Wirt das gleiche nochmal.

Er schenkt sich ebenfalls eine kleine *Mousse* ein. Es ist ein spezielles Glas, das nie den Tresen verläßt, stets halb leer oder halb voll, je nach dem Gast, mit dem er anstößt.

– Sind Sie auf der Durchreise? fragt er mich.

– Ich bin wegen der Mauves-Geschichte hier.

– Traurige Sache, dieser Alte, der sich an einem Ast seines Olivenbaums aufgehängt hat.

– Sehr traurige Sache...

Der Wirt tritt ein wenig zurück, als wollte er mich von oben bis unten unter die Lupe nehmen, was er dann auch prompt stirnrunzelnd tut.

– Sind Sie Polizist?

– Sehe ich aus wie ein Polizist? erwidere ich.

– Nein, es ist nur... Die Polizisten heutzutage kann man ja von andern gar nicht mehr unterscheiden... Die Gendarmen spielen wenigstens noch mit offenen Karten. Man weiß, wer sie sind, und sie verstecken sich nicht; aber die Bullen aus der Stadt, das grenzt allmählich an Heimtücke... In Paris soll es sogar welche mit langen Haaren geben wie Hippies.

Ich trinke ein Schlückchen Pastis.

– Ich bin Journalist.

– Und es interessiert die Zeitung, daß dieser arme Irre sich an seinem Olivenbaum erhängt hat?

Ich drehe mich um. Einer der vier Kartenspieler hat gerade seine Meinung von sich gegeben. Ich nehme mein Glas und begebe mich zu dem Tisch.

– Kannten Sie ihn gut, den Pancrace?

– Ja und nein...

Er macht eine vage Handbewegung und sieht seine Partner an. Die lächeln nur ausweichend. Ich gebe dem Wirt ein Zeichen, und er kommt mit seiner Flasche und einer Wasserkaraffe dazu.

– Darf ich Ihnen einen Aperitif anbieten? frage ich die Spieler.

– Klar darfst du, antwortet der Mann, der mich angesprochen hatte... Und außerdem entschädigt uns das ein bißchen für den Preis deiner Zeitung, wenn wir sie dann später lesen, ergänzt er und wendet sich wieder den drei anderen zu.

Sie lachen, während der Wirt ihnen einschenkt.

– Du jedenfalls, Anatole, sagt letzterer, liest hier jeden Morgen die Zeitung, hast sie allerdings noch nie gekauft. Also müßte der Herr eher mich entschädigen.

– Holen Sie Ihr Glas, Herr Wirt, sage ich zu ihm, und er läßt sich nicht lange bitten.

Wir trinken in aller Ruhe, als ob wir zum erstenmal Anisschnaps kosteten. Dieser hier hat einen kräftigen Geschmack, weniger süßlich als das Zeug, das man im Supermarkt kauft. Trotz seines hochvorschriftsmäßigen Etiketts könnte ich wetten, daß es Pastis aus dem Hinterzimmer ist, die Sorte, die man zu Hause herstellt. Mit kleinen Aufgußbeuteln und

Alkohol unklarer Herkunft. Das kann krank machen, einen sogar erblinden lassen oder umbringen, aber die Eingeweihten werden Ihnen sagen, es ist schwarzgebrannter Pastis, also ist er »hausgemacht« und damit viel besser und auf jeden Fall gesünder als der aus den Fabriken.

– Dann kannten Sie Vater Pancrace? frage ich den Mann, der Anatole heißt und so aussieht, als wäre er der Wortführer der Runde.

Er ist übrigens der größte und offenste der Männer und trägt eine Schirmmütze.

– Ich mußte ihn zwangsläufig kennen.

– Sie sehen nicht so aus, als hätten Sie ihn ins Herz geschlossen...

– Ich habe Ihnen ja schon gesagt, der ist zum Schluß irre geworden...

Er klopft sich mit den Fingerspitzen an die Stirn.

–... Da oben lief es nicht mehr bei ihm, seit...

– Seit seine Frau mit einem italienischen Saisonarbeiter durchgebrannt ist? frage ich.

Die Spieler sitzen stumm da, das Glas in der Hand, überrascht, bestimmt enttäuscht, daß ich vor ihnen auspacke, was sie für eine Auskunft gehalten hatten, die man in klingende Münze verwandeln konnte.

– Das wissen Sie auch? fragt Anatole mich schließlich.

– Honorine ist 1950 mit einem italienischen Saisonarbeiter durchgebrannt, bei der Weinernte, um genau zu sein...

Er verzieht das Gesicht, bevor er seine Partner ansieht.

– So sind die Journalisten... Sie wissen alles. Durch ihre Nachforscherei wissen sie dermaßen viel, daß sie die wirkliche Wahrheit nicht mehr erkennen können...

– Ich würde die Geschichte gern von Ihnen hören, bitte ich ihn und mache dem Wirt ein Zeichen. Er schenkt eine neue Runde aus, ohne sich selbst zu vergessen.

Danach geht er frisches Wasser holen, und ich sehe, wie er auf der schwarzen Tafel über dem Tresen zwei Kreidestriche macht.

Er kommt zurück, stellt die Karaffe auf den Tisch, damit jeder seinen Pastis nach seinem Geschmack dosieren kann.

– Und warum wollen Sie, daß ich Ihnen etwas erzähle, das Sie bereits kennen, fragt mich Anatole... Um zu sehen, ob ich es richtig aufsage, wie in der Schule?

– Man braucht stets mehrere Tatsachenversionen, um die Wahrheit herauszufinden...

Er lacht schallend, und die drei anderen schließen sich ihm automatisch an.

– Was das angeht, Herr Journalist, so ist die Wahrheit einfach, und ich werde sie Ihnen sagen... Die Wahrheit ist, was ich erzähle und nur, was ich erzähle...

– Also erzählen Sie.

Er zögert, sieht wieder die andern an, wie um ihre Zustimmung einzuholen.

– Es war gleich nach dem Krieg, nicht mal, wir waren gerade erst befreit worden, da hat Pancrace die Honorine geheiratet, ein Mädchen von unten...

Er betrachtet mich. Seine Augen glänzen, so glücklich macht es ihn, daß er mich dazu bringen kann, ihn zu fragen, um eine Erklärung zu bitten.

– Ein Mädchen von unten?

– Aus dem Dorf... Das hier ist »unten«, und das Landgut war »oben«, jedenfalls zu Zeiten von Monsieur Lamongie senior. Seinen gelehrten Sohn hat hier nämlich nie einer Monsieur genannt.

Er dosiert seinen Pastis, *mezzo-mezzo*, nur ein Teil Wasser, um den Anisgeschmack nicht zu ertränken.

– Damals, fährt er fort, bedeckten die Weinberge die gesamten Höhen, und der größte Teil war vom Mauves-Gut abhängig.

– Hatte Honorine Familie?

– Den Palancou...

Wieder habe ich eine Sperre. Er scheint es zu begrüßen und sich an meiner Unkenntnis zu weiden. Er zwinkert seinen Komparsen zu und zieht die Schirmmütze ein Stück weiter in die Stirn.

– Palancou, erklärt er, ist ein Spitzname, man weiß nicht mehr, woher er kommt... Heute lebt von den Palancous keiner mehr, aber damals gab es noch den Großvater von Honorine, ihr einziger Verwandter...

Ich lächle.

– Und was hat der Palancou gemacht?

– Er hat Pferde beschlagen und Ersatzteile geschmiedet, für Wagen, Karrenräder, eben für alles, was aus Eisen war.

– Er war Schmied...

– Vielleicht.

Er trinkt seinen Anisschnaps aus, schnalzt mit der Zunge. Ich sehe sofort den Wirt an. Er begreift und schenkt eine neue Runde aus. Die anderen drei, die ein bißchen im Verzug waren, beeilen sich, ihre Gläser zu leeren.

– Honorine war die Enkelin vom Palancou, und für sie war es ein Aufstieg, Pancrace zu heiraten, den Mann, der für die Weinberge des Gutes verantwortlich war, fast der Chef, weil der arme Monsieur Lamongie zu der Zeit schon ziemlich erschöpft war... Und dann kam es zu dem Drama.

– Die motorisierten Weinbergschlepper, sagt der Wirt.

– Genau das, nimmt Anatole wieder auf... Und natürlich war Palancou von da an arbeitslos. Deshalb hat seine Enkelin Pancrace gebeten, für ihn eine Stellung auf dem Gut zu besorgen, aber er hat abgelehnt.

– Warum?

– Weil der Palancou von unten stammte... Die von unten hatten unten zu arbeiten und die von oben oben... Und der Palancou hat sich erhängt... (Er wird ernst, als hätte er sich um dreißig Jahre zurückversetzt.) Ich erinnere mich, es war der Winter, in dem die Kleine geboren wurde, Irénée... Seit dem Tag ist es aus gewesen zwischen Pancrace und Honorine.

– Ich sage, sie hätte soviel Anstand haben können, ihn sofort zu verlassen und ihre Kleine mitzunehmen, sagt einer der Spieler.

Anatole zieht eine Grimasse.

– Sie hat sich auf andere Art gerächt, hat sich zu einem hübschen Flittchen gemausert, ihn provoziert und gequält, indem sie mit jedem von unten ging...

Er wendet sich dem Wirt zu.

–... Sie ist oft hier gewesen, weil sie auch mit Fernand geschlafen hat. Das war der, von dem du das Lokal gekauft hast. Aber sie hat es auch mit anderen getrieben, besonders zur Weinerntezeit. Man hätte glauben können, daß sie absichtlich immer mit den ärmsten Schluckern ging, wie um...

Er beendet seinen Satz nicht, verzieht wieder das Gesicht.

– Hier, das steht fest, hat es Pancrace jeder übelgenommen, daß er den Palancou sozusagen an den Strick gebracht hat, aber es tat auch weh, wenn man sah, wie er auf der Suche nach seiner Frau ins Dorf hinunterkam und sie anflehte, um der Kleinen willen wieder zu ihm zurückzukehren...

– Und sie hat ihm das Leben sauer gemacht, bis sie mit dem Italiener weggegangen ist.

– Und dann ist Monsieur Lamongie gestorben, und der Studiosus hat die Weinberge verrotten lassen, vor allem, als er erfahren hat, daß er nie die *appellation contrôlée* bekommen würde. Da hat er die Ländereien verkauft und nur das Gut behalten. Aber das interessierte ihn auch nicht, und deshalb hat er eines Tages die Tür hinter sich zugemacht und ist in die Stadt gezogen.

– Das ist normal, sagt einer der Spieler, er hatte schließlich studiert.

– Am Anfang ist er in den Ferien und manchmal zum Wochenende mit Freunden hergekommen. Sie haben das Haus wieder geöffnet, bis er schließlich ein Mädchen von oben, sehr viel reicher als er, wie es heißt, geheiratet hat. Da muß er sich wegen des Gutes geschämt haben, wir haben ihn jedenfalls danach nie mehr gesehen.

Auf mein Zeichen hin gibt der Wirt eine weitere Runde. Anatole betrachtet die Flasche, deren Wasserspiegel sich nicht sonderlich gesenkt hat.

– Und so ist dann der alte Pancrace nach und nach allein

geblieben, der letzte da oben, allein mit seinen öden Weinbergen und seinem Kreuz, denn er hat nie etwas von Honorine gehört, nie gewußt, wohin sie verschwunden war...

Wir schweigen allesamt, sind so in Gedanken versunken, daß wir den neuen Gast nicht sehen, der eingetreten ist.

– Hallo! sagt er... Haltet ihr Totenwache oder was?

Wir zucken zusammen... Der Wirt reagiert als erster und kehrt hinter seinen Tresen zurück, um den Neuankömmling zu bedienen. Es ist ein beleibter Mann in der Sommeruniform der Postangestellten.

– Du hast den Nagel auf den Kopf getroffen, Briefträger, ruft Anatole ihm zu. Wir haben mit dem Journalisten über Pancrace geredet.

Der Postler trinkt einen Schluck von seinem trockenen Weißen (er trinkt nie Alkohol oder auch nur einen Aperitif, wenn er im Dienst ist) und gesellt sich zu uns.

– Das mußte ja so enden mit Pancrace...

Er sieht die Kartenspieler an.

– Bei dem zweifachen Kreuz, das er zu tragen hatte... Und außerdem heißt es, die Erhängten bilden eine Bruderschaft. Man könnte meinen, sie reichen die Fackel weiter!

Er stellt sein Glas auf den Tisch, holt aus seiner Tasche einen Tabaksbeutel und Zigarettenpapier, die extrafeine Sorte, die man mit der Hand rollen muß, weil es in den kleinen Zigarettenmaschinen zerreißen würde.

– Stellt euch mal vor, ich habe ihm noch einen Brief gebracht, kurz bevor er sich erhängt hat.

– Einen Brief von wem? fragt Anatole.

– Weiß ich nicht, einen Brief.

Der Mann von der Post rollt seine Zigarette fertig, leckt sorgfältig das Papier der Länge nach ab, glättet es anschließend mit seinen dicken Fingern und pflanzt sich das Stäbchen zwischen die Lippen. Ich reiche ihm mein angezündetes Feuerzeug.

– Ich weiß es nicht, aber es muß etwas Ernstes gewesen sein. Er hat nämlich auch einen geschrieben, bevor er sich aufgehängt hat.

Mein Instinkt schaltet sich ein.

– Sie wollen sagen, daß Vater Pancrace vor seinem Tod einen Brief geschrieben hat?

– Genau, und er hat ihn Abdelkaders Sohn gegeben, der am Mauves-Gelände vorbeikam, um im Dorf Brot zu kaufen. Er hat ihm sogar fünf Francs für die Briefmarke zugesteckt und gesagt, er solle sich für den Rest Bonbons kaufen.

– Fünf Francs!

Anatole schnalzt mit der Zunge.

– Wenn er ihm fünf Francs für die Briefmarke gegeben hat, dann, weil er schon wußte, daß er sich aufhängen würde.

Der Wirt nähert sich mit der Weißweinflasche, um seinen Begrüßungstrunk auszugeben.

– Und wem hat Pancrace vor seinem Tod geschrieben?

Der Mann von der Post zieht sich ein wenig zurück.

– Das habe ich nicht gehört... Ich möchte wirklich nicht gehört haben, daß diejenigen, die ich für meine Freunde halte, mich auffordern, gegen eines der Verwaltungsgebote zu verstoßen.

– Wir haben dich nicht gefragt, was er geschrieben hat, sondern an wen er geschrieben hat.

– Es war ein Brief... Wenn es noch eine Postkarte gewesen wäre, das ist etwas anderes. Die ist offen, und jeder kann sie lesen, aber ein Brief, nein, der ist unverletzlich...

Er reicht sein Glas dem Wirt, der ihm einschenkt.

– Aber es muß etwas Ernstes gewesen sein, fährt er fort, einer so bedeutenden Person zu schreiben.

– Er hat ja wohl nicht dem Präsidenten der Republik geschrieben?

– Das nicht gerade, aber das ist bloß eine Frage der Hierarchie!

Der Mann von der Post leert sein Glas in einem Zug, stellt es auf den Tisch und grüßt uns, indem er mit dem Zeigefinger an seine Mütze tippt.

– Bis bald...

Er geht hinaus und läßt uns alle fünf in den unangenehmsten Spekulationen zurück.

– Ich, sagt Anatole, ich glaube, daß er geschrieben hat, um sein Gewissen zu erleichtern, und sich anschließend aufgehängt hat.

– Er hat aber doch einen Brief erhalten, sagt der Wirt... Das hat ihn vielleicht dazu getrieben.

– Das oder etwas anderes, es war das beste, was er tun konnte...

– Was willst du damit sagen, Anatole? fragt ihn einer seiner Mitspieler.

– Ich weiß, wovon ich rede.

Er sammelt die Karten vom Tisch ein und beginnt sie schweigend zu mischen.

Der Wirt nimmt die Flaschen und kehrt hinter seinen Tresen zurück. Ich folge ihm. Jetzt, wo das Spiel wieder angefangen hat, werden die Alten nicht mehr reden.

– Eine wahre Tragödie für einen kleinen Ort wie diesen, sagt der Wirt.

Ich zücke einen Fünfziger und lege ihn auf den Tresen. Er geht damit an die Registrierkasse, sucht das Wechselgeld zusammen und legt es auf einen Unterteller, bevor er zu mir zurückkommt.

– Eine wahre Tragödie, wiederholt er.

Ich stecke das Zehnfrancs-Stück ein, kümmere mich nicht um das Kleingeld und verlasse mit einem knappen Kopfnikken wortlos das Bistro. Draußen empfangen mich der strahlend sonnige Himmel und die drückende Hitze, aber der Gendarmeriewagen steht nicht mehr vor der Autowerkstatt.

Ich gehe leichten Schrittes darauf zu...

* * *

Ich betrete die Werkstatt und gebe acht, daß ich mich nirgendwo stoße. Ich hasse Fettflecken.

Der Laden sieht ziemlich verlassen aus. Ich nähere mich der

Grube, auf der ein Wagen mit offener Motorhaube steht. Ich bücke mich, werfe einen Blick darunter... Niemand... Wenn der Automechaniker nicht in der Grube ist...

Ein Geräusch hinter mir. Ich drehe mich um, entdecke den Jungen, der am Vortag meine Reifen repariert hat.

– Manuel...

Er hat plötzlich einen verschreckten Blick und versucht zu fliehen. Mit zwei großen Sprüngen bin ich bei ihm, halte ihn am Arm zurück.

– Manuel, warum willst du dich davonmachen?

– Ich habe nichts getan..., stammelt er... Ich habe nichts getan...

Dann entwischt er mir mit einer jähen Bewegung und rennt nach draußen.

Ich bleibe stehen und sehe mich um, aber es scheint tatsächlich keiner da zu sein. Sogar die kleine Kabine, die als Verwaltungsbüro dient, ist unbesetzt. Bleibt die Treppe, die zu der Wohnung über der Werkstatt führt.

Ich setze den Fuß auf die erste Stufe, was immer das Schwierigste ist. Danach ist es einfach eine Frage der Bewegungen. Als ich oben bin, mache ich mich mit sicherer, gesetzter Stimme bemerkbar. Ich hoffe, sie klingt beruhigend.

– Ist hier jemand?

Ich bin jetzt in der Wohnung. Ein Geräusch aus dem Nebenraum, dem Schlafzimmer, und Irénée erscheint auf der Schwelle. Heute trägt sie ein sehr strenges schwarzes Kleid, das nur einen kleinen weißen Bubikragen hat, dazu Sandalen aus geflochtenem Leder.

Als sie mich sieht, weicht sie ein bißchen zurück, faßt sich aber schnell und versucht zu lächeln.

– Ich habe vom Tod Ihres Vaters gehört, sage ich zu ihr und strenge mich an, den Blick nicht allzu weit unterhalb ihres Gesichts schweifen zu lassen.

Sie setzt sich in Bewegung. Dabei wiegt sie sich – unbewußt, das muß angeboren sein – wie die Schlange zu den Flötentönen des Schlangenbeschwörers. Instinktiv hat sie auch wieder ihren Lieblingstick, fährt mit der Zunge über ihre Lippen.

Ich merke, daß sie vor Angst fast zittert, und es muß doch einen guten Grund dafür geben.

– Ihr Mann ist nicht da? frage ich sie.

– Nein, die Gendarmen haben ihn abgeholt... (Sie korrigiert sich.) Ich meine, damit er seine Aussage schriftlich niederlegt. Er hat nämlich gestern meinen Vater gefunden und...

– Verstehe...

Sie schleppt sich ein bißchen durchs Zimmer, sähe es offenbar gern, wenn ich ginge, traut sich aber nicht, mich darum zu bitten. Schließlich steht sie wieder vor mir.

– Gestern, nachdem Sie gegangen waren, ist er zum Mauves-Grundstück hinauf, um sich zu vergewissern, daß mein Vater Sie tatsächlich geschickt hat... Sie verstehen, er ist eifersüchtig...

Ich trete ein wenig näher und sehe sie fest an.

– Hat er denn Grund, eifersüchtig zu sein?

Sie antwortet nicht.

– Irénée, sage ich zu ihr, warum haben Sie mir geschrieben, daß ich Sie nicht mehr besuchen soll?

Ich hole den Brief aus der Tasche, den ich vorhin unter meiner Bürotür gefunden habe.

– Was wollen Sie damit sagen?

Sie sieht mich böse an, aber ihre Lippen zittern, und ich merke wohl, daß ich richtig getippt habe. Jetzt muß ich sie beruhigen und überzeugen, daß ich ihr nicht übelwill.

– Ich arbeite nicht gegen Sie, Irénée.

– Aber dann...

Ich lächle sie an.

– Hätten Sie nicht ein Schlückchen zu trinken?

Sie nickt. Nichts zieht mehr als eine häusliche Beschäftigung, wenn man eine Frau ablenken will. Sie begibt sich zu einer rustikalen Anrichte, PVC auf Eiche getrimmt, holt zwei Gläser und eine Flasche Cognac heraus, die Drei-Sterne-

Sorte... Gaston de Lagrange einfach so, auf fast nüchternen Magen...

Sie müht sich vergeblich mit dem Korken ab. Ich trete näher, um ihr die Flasche aus den Händen zu nehmen. Unsere Finger berühren sich, und sie läßt die ihren wandern. Ich schenke ein, setze die Flasche ab, reiche ihr ein Glas.

– Irénée, wie haben Sie herausgefunden, daß ich kein Journalist bin?

– Durch Manuel... Als er Ihre Reifen holen gegangen ist, hat er den Wagen durchwühlt, um zu sehen, ob er etwas mitgehen lassen konnte, und da hat er im Handschuhfach Ihre Visitenkarten gefunden. Eine davon hat er mitgebracht...

Ich koste den Cognac... Nach den Pastisrunden empfiehlt es sich, auf der Rückfahrt einem Alkoholtest auszuweichen.

– Weiß Ihr Mann ebenfalls Bescheid?

– Nein, natürlich nicht...

Sie zögert.

– Manuel kann ihn nicht leiden... Er kommt immer zu mir, wenn er ein Geheimnis hat oder Kummer oder... Er war es, der den Brief gestern abend überbracht hat.

Sie hält inne, betrachtet den Umschlag, den ich auf den Tisch gelegt habe, blickt dann wieder auf und fragt mich:

– Was suchen Sie hier?

– Nichts, wirklich nichts...

Ich nehme noch einen Schluck Alkohol, tue so, als dächte ich nach, während ich mir die gerahmten Fotos auf der Anrichte ansehe... Eine Hochzeit, die Irénées mit dem Automechaniker... Eine etwas beleibte Frau, die ihr ähnlich sieht, bestimmt ihre Mutter Honorine, für alle Zeiten so festgehalten, wie sie 1950 gewesen ist... Und ein altertümlich gekleideter Mann mit Flanellbinde und einem prächtigen Schnauzbart, der geschwungen ist wie ein Rennradlenker.

– Ist das Palancou? frage ich.

Sie scheint sich nicht zu wundern, daß ich so genau über ihre Familie informiert bin.

– Ja, das war mein Urgroßvater mütterlicherseits, aber ich

habe ihn nicht gekannt... Er hat sich ebenfalls aufgehängt, wie mein Vater.

– Und Sie haben ein bißchen auch an ihn gedacht, als Sie Ihrem Vater gleichfalls geschrieben und gedroht haben, eine ernste Geschichte zu enthüllen.

– Ich habe nicht...

– Irénée, Sie haben die Schreibmaschine hier in der Werkstatt nicht benutzt, weil Sie nicht blöd sind und wissen, daß die Gendarmen es früher oder später überprüfen kommen.

– Die andere Maschine wird nie einer finden. Es war eine alte, die ich aus dem Haus auf dem Landgut hatte, und die findet jetzt keiner mehr...

– Dann kann es nur einen Beweis gegen Sie geben, nämlich diesen Brief, den Sie mir auf der gleichen Maschine geschrieben haben.

Ich sehe sie lächelnd an.

– Daher schlage ich Ihnen ein Geschäft vor.

– Und zwar?

Sie glaubt offenbar, mit einem Temperament wie dem ihren könnte sie jeden Mann entschädigen, deshalb kommt mein Vorschlag überraschend für sie:

– Erzählen Sie mir die Wahrheit, und ich überlasse Ihnen den Brief.

Sie lacht nervös.

– Wie wollen Sie feststellen, daß ich Ihnen wirklich die Wahrheit sage?

– Das Risiko muß ich eingehen.

Sie zögert, tritt ans Fenster, das auf den Platz geht, zieht den Vorhang leicht zur Seite und betrachtet lange die Bäume, bevor sie zu mir zurückkommt.

– Ich wollte nicht, daß er sich erhängt... Ich konnte nicht wissen, daß er sich erhängen würde, und wenn er es getan hat, ist das nicht meine Schuld. Es ist einzig und allein seine Schuld, und es bedeutet, daß er die Wahrheit gesagt hatte...

– Welche Wahrheit?

Sie wird ganz blaß.

– Als ich ein junges Mädchen war und noch mit meinem Vater sprach, hielt er mir oft Moralpredigten... Eines Abends habe ich ihm auf der kleinen Terrasse vor dem *Maset* mitgeteilt, daß ich einen Freund hätte. Er hatte viel getrunken und hat danach weitergetrunken...

Sie verstummt für ein paar Sekunden, ist den Tränen nahe.

–... Und da ist er ganz rot geworden, feuerrot, und ist aufgestanden, um mir den alten Olivenbaum an der Grenze seines Weinbergs zu zeigen...

– Und weiter?

– Ich werde nie vergessen, was er zu mir gesagt hat, Wort für Wort... Er hat gesagt: »Irénée, du wirst deinen Freund heiraten und dich so verhalten, daß du nie ein Flittchen wirst wie deine Mutter. Andernfalls endest du wie sie, unter einem Olivenbaum...« Das hat sich in mir festgesetzt, verstehen Sie, und ich wollte es oft weitererzählen, aber wem hätte ich es sagen sollen?

– Den Gendarmen...

– Um meinen Vater zu beschuldigen, und weshalb denn überhaupt? Das waren vielleicht nur die Worte eines Betrunkenen...

– Dann Ihrem Mann.

– Der ist wie mein Vater, borniert und eifersüchtig, und außerdem haben sich die beiden hinter meinem Rücken zu gut verstanden, besonders seit ich das Mauves-Grundstück nicht mehr besucht habe...

Sie schenkt sich einen ordentlichen Schluck Cognac nach und stürzt ihn in einem Zug hinunter.

– Vorgestern hatte ich einfach genug und habe ihm einen Brief geschrieben in der Hoffnung, er hätte mich belogen an dem Tag, als er betrunken war... Es war für mich der einzige Weg, endlich die Wahrheit zu erfahren – und er hat sich erhängt...

Sie hält ihr Glas so krampfhaft fest, daß es in ihrer Hand zerbricht. Blut tropft, läuft über ihre Finger, aber sie scheint es nicht zu bemerken.

– Ich habe meinen Vater umgebracht, nicht wahr?

Ich begnüge mich mit einem Achselzucken, gebe keine Antwort. Plötzlich ist sie für mich keine begehrenswerte Frau mehr, sondern eine Unbekannte, die ich ein wenig verachte. Ich weiß, daß sie zu einem dieser schwarzgekleideten Schattenwesen werden wird, die ständig durch die Dörfer streichen, eine von denen, die manchmal spurlos verschwinden und ihre Geheimnisse mitnehmen.

Ich hebe den Umschlag auf, lasse ihn ein paarmal gegen meine rechte Hand knallen und lege ihn dann auf den Tisch zurück.

– Adieu, Irénée, sage ich zu ihr.

Sie läßt mich gehen, stumm, bereits in einer anderen Welt, in der nun sie ihr Kreuz zu tragen haben wird.

Elfter und letzter Akt

In dem der Held, endlich auf dem laufenden über die Hintergründe der Angelegenheit, erfährt, daß nicht alles gut ist, was schlecht endet, wodurch ihm ein übler Nachgeschmack im Munde bleibt…

Es ist fast drei Uhr nachmittags… Ich habe mich an einem der hinteren Tische niedergelassen und bin der einzige Gast im großen Saal des *Café des cols bleus*. Vor mir, im Halbkreis um den Tisch stehen Antoine, der Wirt, Jeannot, der Terrassenkellner, Nathan, der für den Tresen verantwortlich ist, und sogar der Küchenchef, der sich aus seinem Untergeschoß heraufbequemt hat.

– Frankie, sagt der Wirt zu mir, wir können nichts dafür… Heute sind wir überrannt worden von einer Busladung japanischer Touristen, die Schlag zwölf Uhr bei uns abgestiegen sind… Sie waren nicht eingeplant… Vierzig Japaner, stell dir das vor!

– Das war *Apocalypse now*, sagt Nathan, um uns weiszumachen, er verfüge ebenfalls über ein gewisses Maß an kinematographischer Bildung.

– Ich dachte, ich müßte ersticken, fügt Jeannot hinzu… Denk bloß, genau zur Stunde der Stammgäste vierzig Japaner dazu, die allesamt die Küche von Nizza probieren und mit Strömen von Pastis begießen wollen.

– Das stimmt, Frankie, sekundiert der Wirt, es war so schlimm, daß ich meine Kasse im Stich lassen mußte, um Nathan beim Bedienen zu helfen… Das ist mir mindestens zehn Jahre nicht mehr passiert!

Durch meine Sonnenbrille hindurch schicke ich einen

frostigen Blick auf die vier Männer, die plötzlich verstummen.

– Und der Stockfisch hat den Japanern geschmeckt?

– Sie haben es sich munden lassen und vor Vergnügen gejuchzt wie Kinder, antwortet mir der Küchenchef. Ich mußte sie sogar begrüßen kommen, bevor sie wieder abgefahren sind.

– Und wo nehme ich jetzt meine Portion Stockfisch her?

Der Wirt rückt ein wenig näher heran.

– Bei diesem Überfall haben wir deine Reservierung vergessen, Frankie...

– Ich sehe nur, daß der Gast gegenüber dem Touristen vernachlässigt wird... Um ehrlich zu sein, das wundert mich gar nicht. Der wahre, der treue Gast wohnt hier, er arbeitet hier, er speist fast jeden Tag hier, also kann man ihn nicht verlieren. Der Tourist dagegen, vor allem der Japaner – die Gelegenheit läßt man sich natürlich nicht entgehen...

Ich stehe auf.

–... Und du, Antoine, glaubst wohl, sie werden bei ihren Kollegen Reklame für dich schlagen, so daß du in Zukunft die Vorzugsadresse für Busladungen mit Japanern wirst?

– Der Gedanke liegt mir fern, Frankie...

– Ich kenne dich doch... Du siehst im Geist schon ein Riesenschild an der Fassade... Das *Cols bleus*, offizieller Hoflieferant für Ihre Kaiserliche Majestät Hirohito, so wie die Königin von England auf Bierdosen und Butterkeksen als Reklame herhalten muß.

Ich löse mich vom Tisch.

– Sei's drum, ich gehe jetzt eine Portion *socca* im *Cave Ricord* essen. Ich hoffe, daß man dort nicht auf Japaner wartet.

– Frankie, das kannst du uns nicht antun! bettelt der Wirt... Sieh mal, wir werden dir ein Schinkenomelett mit Pfeffersauce zubereiten, das magst du doch so gern...

Ich zögere, weil ich Hunger habe und mir etwas schwindelig ist im Kopf, aber ich muß mich wenigstens ordentlich bitten lassen, sonst verlieren sie den Respekt.

Ich sehe den Wirt an.

– Glaubst du denn, Antoine, es fällt mir leicht, im *Cave Ricord* eine *socca* essen zu gehen?

– Hör zu, Frankie, ich biete dir eine Entschädigung an. Einen Monat lang gibt's jeden Mittag, an dem du hier ißt, den Casanis gratis für dich.

Diesmal neigt sich mein Zögern zur andern Seite, und ich versuche nicht mehr, mich vom Tisch zu lösen.

– Dazu den Kaffee nach der Mahlzeit, fügt der Wirt hinzu.

Ich setze mich wieder auf die Bank. Der Küchenchef flitzt in sein Untergeschoß.

– Ein Schinkenomelett mit Pfeffersauce! brüllt Jeannot, während der Wirt Nathan ansieht.

– Nun, worauf wartest du noch? Willst du Frankie nicht den Casanis servieren?

Ich hebe die rechte Hand.

– Keinen Aperitif heute, ich habe schon welchen ausgegeben, bitte sofort das Hauptgericht...

– Wie du meinst, Frankie, wie du meinst...

* * *

Erst nachdem ich gespeist und meinen fünften Kaffee getrunken habe, tauche ich allmählich aus dem mulmigen, leicht eingetrübten Bewußtseinszustand auf, in dem ich mich seit meiner Rückkehr aus der Werkstatt in Cantaron befunden habe. Die Pastis-Cognac-Mischung auf nüchternen Magen verlangt eben doch sehr nach einer Siesta...

Antoine ist mehrmals gekommen, um zu fragen, ob die Pfeffersauce gut sei, ob das Omelett ausreiche, ob ich genügend Brot hätte... Mindestens eine Stunde ist vergangen, und ich war vielleicht sogar für ein Weilchen eingedöst.

Jetzt geht es mir besser... Ich tauche auf... Sechzehn Uhr, das Nachmittagsloch. Alles ist ruhig im Saal, nur auf der Terrasse trinken ein paar junge Leute Coca-Cola und erschaffen die Welt noch einmal neu, was dem *Café des cols bleus* seinen

Ruf einer Studentenkneipe eingetragen hat... Zwei Gäste an der Bar, Handelsvertreter, die eine »zwei kühle Blonde«-Pause machen und mit Nathan über Pferderennen debattieren. Er ist Spezialist auf dem Gebiet. Antoine ist nicht hinter seiner Kasse. Er macht sein Erholungsschläfchen, wie er es nennt. Selbst Jeannot hat sich im Schatten auf einem Stuhl ausgestreckt und sein Tablett auf einem Tisch mit Sonnenschirm abgestellt.

Ich betrachte träumerisch die fast ausgestorbene Uferstraße. Auch der Autoverkehr hält Siesta. Auf der anderen Seite reiht sich ein Wagen geschmeidig neben meinem Lancia Zagato ein. Ein langgestreckter, niedriger, stahlgrauer Wagen mit schwarzem Vinyldach, die obere Preisskala, ein CX Prestige... Ich zucke zusammen, bin abrupt wieder klar im Kopf... Ich muß schleunigst hier weg, am besten an den Toiletten und der Küche im Untergeschoß vorbei, da gibt es nämlich eine kleine Tür zum Innenhof.

Zu spät... Der Jockey hat soeben den Saal betreten. Er hat wieder seinen Straßenanzug an, blau mit Streifen, und trägt heute einen schwarzen Filzhut mit grauem Band. Sein Gesicht ist zur Hälfte hinter einer Sonnenbrille verborgen. Schildpattgestell und reflektierende Gläser wie Spiegel.

Er sieht sich im Saal um, nicht besondes lange, weil ich der einzige Gast bin, und kommt auf mich zu, noch bevor ich mich von der Bank erheben kann. Nun denn, lieber hier sterben, im Kreise der Freunde. Ich sehe schon die Schlagzeilen im *Nice-Matin*, auf der ersten Seite, mindestens zweispaltig:

Abrechnung oder Eifersuchtsdrama?

Gestern am hellen Nachmittag wurde Frankie-Pat Puntacavallo, der sympathische Privatdetektiv, den man auch den Philipp Marlowe des Hafens von Nizza nennt, kaltblütig von mehreren Kugeln aus der großkalibrigen Pistole eines unbekannten Killers niedergestreckt, dem anschließend die Flucht gelang...

Für den Bruchteil einer Sekunde stelle ich mir auch die Beerdigung vor, die weinende Familie, vor allem Mama... Die Freunde, die mir hinterher beim Aperitif Gutes nachsagen, denn man sagt den Toten stets nur Gutes nach. Das ist übrigens ihr einziger Vorteil...

Aber der Jockey hat seinen 45er Colt nicht mehr. Den habe ich ihm ja im *Acapulco* abgenommen. Er liegt im Handschuhfach des Zagato, zu weit weg. Also muß er sich eine andere Waffe beschafft haben...

Jetzt steht er mir gegenüber, weniger als einen Meter entfernt auf der andern Seite des Tisches.

Er lächelt mir zu und fragt:

– Darf ich mich setzen, Puntacavallo, nur für ein Minütchen?

– Du darfst, antworte ich ihm.

Er nimmt einen Stuhl, setzt sich und läßt die rechte Hand in der Jackentasche verschwinden. Bestimmt wird er durch die Tischplatte hindurch auf mich feuern, wie man es häufig im Kino sieht.

Er legt mir meinen alten spanischen Revolver hin.

– Den hattest du vergessen, sagt er zu mir... Deswegen habe ich ihn dir zurückgebracht.

– Danke.

– Er war tatsächlich nicht geladen... Ich hatte richtig gesehen...

Er lächelt freundschaftlich.

– Du bist ganz schön dreist, Puntacavallo, dreister, als ich gedacht hätte.

– Nett, daß du mir das sagst.

Jetzt lächle ich. Ich zwinge mich dazu, weil ich an den Bericht denke, den die Journalisten über meinen Tod schreiben werden. Immer sympathisch, lächelnd sogar noch im Angesicht des Todes.

Ich strecke die Hand nach dem spanischen Revolver aus, ergreife ihn und lege ihn neben mich auf die Bank. Es ist niemand im Saal, aber ich will nicht riskieren, daß mein Ruf beeinträchtigt wird, mein *Image* des Detektivs, der alle Probleme einzig durch seine *deduktiven* Fähigkeiten löst.

– Eigentlich kannst du von Glück sagen, Puntacavallo.

– Findest du?

– Ganz bestimmt... Der beste Beweis ist, daß ich gekommen bin, dir eine vollständige Einstellung unserer Feindseligkeiten vorzuschlagen.

– Erklär dich genauer.

– Wir vergessen es, du unsere etwas handfesten Einmischungen, wir deine entnervenden Schnüffelmethoden. Vor allem, wo du jetzt keinen Grund mehr hast, dich weiter mit dem Mauves-Grundstück zu beschäftigen...

Er hat nicht unrecht, aber ich will nicht als derjenige dastehen, der bedingungslos annimmt.

– Das ist leicht gesagt, murmele ich.

– Warum? fragt er mich. Tut dein Auge noch weh?

– Nein, aber...

– Der Verdienstausfall?

Seine andere Hand verschwindet in der linken Jackentasche, und ich merke, daß meine Knie weich werden. Zum Glück sitze ich, so daß ich wenigstens erhobenen Hauptes sterben kann.

Er legt einen Umschlag vor mich hin.

– Eine Entschädigung unter Freunden.

– Ich will nichts von euch und...

– Das stammt nicht von uns, Puntacavallo, das kommt von viel weiter oben. Aber das Berufsgeheimnis...

Er steht auf, sieht mich lächelnd an.

– Wenn du eines Abends Lust hast auf ein oder zwei Gläschen im *Acapulco*, bist du mein Gast.

Er macht drei Schritte in Richtung Ausgang, kehrt aber wieder um und pflanzt sich vor mir auf.

– Kannst du mir mein Schießeisen wiedergeben?

Er schmollt wie ein kleiner Junge, dem man gerade sein Lieblingsspielzeug zertrümmert hat.

– Es ist ein Erinnerungsstück, eine Waffe, die ich von Papa geerbt habe.

– Sie ist in meinem Schlitten, im Handschuhfach, die Türen sind nicht abgeschlossen.

– Danke, Puntacavallo, du bist ein Pfundskerl.

Diesmal entfernt er sich tatsächlich, verläßt das Café, überquert die Fahrbahn, um sich seine Waffe aus meinem Wagen zu holen. Ich sehe, wie er sich in den Zagato beugt und mit dem 45er Colt wieder auftaucht. Er schwenkt ihn demonstrativ in meine Richtung und schiebt ihn dann in seinen Gürtel...

* * *

Meine Finger betasten eine ziemliche Weile den wattierten Umschlag, bevor ich mich entschließe, ihn zu öffnen. Er steckt voller Scheine, gebrauchte Fünfhunderter, gut zwanzig Lappen... Das ist viel für ein Veilchen und wenig genug für das Ehrgefühl... In einem amerikanischen Krimi würde der Schnüffler seine Nachforschungen fortsetzen, einfach so, für sich selbst, nur damit die Gerechtigkeit triumphiert... Welche Gerechtigkeit?

– So ist es besser, oder?

Ich blicke auf. Vor mir steht Culculnacci, den ich weder kommen hören noch eintreten sehen habe. Unausstehlich, dieser Kerl!

– Ich komme gerade vom Clos des Mauves, sagt er zu mir... Inzwischen weiß man, daß Pancrace Bézaudun sich tatsächlich selbst aufgehängt hat.

– Aber du hast doch heute morgen noch gesagt, das sei nicht gut möglich.

– Heute morgen, ja... Aber sein Schwiegersohn, der Automechaniker, hat alles gestanden.

Ich fahre hoch.

– Was hat er gestanden?

– Als er seinen Schwiegervater erhängt an dem Ast des Olivenbaums gefunden hat, lag ein umgestürzter Hocker unter dem Baum, und er hat ihn ins Haus zurückgebracht...

– Warum hat es das getan?

– Um die Niçoise, die Weinbergdiebe, in Schwierigkeiten zu bringen, der Öffentlichkeit ein Verbrechen weiszumachen... Aber heute ist eine neue Situation eingetreten, und als die Gendarmen ihn unter den Olivenbaum gebracht haben, um ihm zu beweisen, daß sein Schwiegervater sich wirklich ganz allein umgebracht hat, ist er zusammengebrochen.

– Wie konnten sie es beweisen?

– Bevor der alte Bézaudun sich aufgehängt hat, hat er einen Brief an den Bürgermeister von Cantaron geschrieben, einen Brief, in dem er die Gründe für seine Tat niedergelegt hat.

Ich bin kurz davor, zu reden, zu sagen, daß ich ebenfalls Bescheid weiß, einfach um dem Polizeiinspektor Ange Culculnacci zu zeigen, daß ich nicht immer so eine Flasche bin, wie er es mit Vorliebe glaubt. Aber ich habe genug von der Geschichte. Also lasse ich ihn erklären.

– Wir haben heute morgen am Fuß des Olivenbaums gegraben, genau an der Stelle, wo der alte Bézaudun es verlangt hat, und sind auf zwei Skelette gestoßen, in schöner Eintracht nebeneinander... Laut Gerichtsmediziner handelt es sich um einen Mann und eine Frau!

Er nimmt sich eine Zigarre und fängt an, sie zwischen seinen dicken Fingern mit den nicht ganz reinlichen Nägeln zu kneten.

– Bleibt trotzdem noch ein Punkt aufzuklären, Frankie, die Identität jener Person, die den anonymen Brief geschrieben und damit, wie es scheint, den alten Bézaudun in den Selbstmord getrieben hat.

– Wer kann das wissen...

Er zündet seine Zigarre an.

– Heute morgen, bevor ich dich hier getroffen habe, bin ich in deinem Büro gewesen, Frankie... Es lag Post unter deiner Tür, verschiedene Briefe und ein Umschlag, auf dem ich den gleichen Schrifttyp zu erkennen meinte, wie ihn auch der anonyme Schmierfink benutzt hat...

– Und du hast ihn nicht geöffnet?

Er zieht leicht die Schultern hoch.

– Ich bin ein gesetzestreuer Bulle... Und außerdem hatte ich keine Zeit, es sorgfältig zu machen.

Er lächelt mich an.

– Mit diesem Brief kann man den Schreiberling vielleicht festnageln. Wenn der, den du erhalten hast, unterschrieben war, oder wenn du den Autor identifizieren konntest; es war bestimmt ein und dieselbe Person. Meiner Meinung nach jemand aus dem Dorf, wahrscheinlich ein alter Groll.

– Das würde die Immobilienfritzen dann wohl definitiv entlasten.

Culculnacci seufzt.

– Sie sind unschuldig... Ich weiß, das ist kein moralischer Ausgang, aber es ist die Wahrheit... Das ganze Dilemma rührt daher, daß diese Idioten in offener Gefechtsordnung und ohne sich abzustimmen in die Schlacht gezogen sind... Brunel hat wirklich auf dich und deine psychologischen Überzeugungskünste beim alten Bézaudun gebaut, daher seine Überraschung und seine wütende Reaktion, als er von der Erhängung erfuhr.

– Und die Ganoven?

– Lamongie hat mit seinem Schwiegervater, dem Generalratsmitglied, über das Problem gesprochen... De la Portanière ist daran gelegen, daß die Niçoise du Sol das Gelände rasch an die Baugesellschaft Azuréenne verkauft; ein klassisches Geschäft zwischen Gesellschaften, die dem gleichen Konzern angehören. Auf diese Weise lassen sich die Wertsteigerungen freisetzen, die zu einem Teil unterderhand die Wahlkasse schmieren...

Ich sage nichts... Was könnte ich auch sagen?

–... Um die Aktion zu beschleunigen, hat la Portanière ein paar seiner dubiosen Hintermänner gebeten, sich einzuschalten und es so einzurichten, daß der alte Bézaudun als gefährlicher Irrer eingestuft wird... Gestern, als er sie in deiner Gegenwart aufgestöbert hat, haben sie sich verzogen, sind aber rechtzeitig wieder da gewesen, um ihn erhängt vorzufinden... Da haben sie es mit der Angst bekommen, weil sie überzeugt waren, du könntest sie identifizieren, in die Sache hineinziehen... Die Fortsetzung kennst du.

Culculnacci macht ein paar Züge, die den ganzen hinteren Saal verpesten. Jeannot wird die Fenster weit aufreißen und das »Frischduft«-Spray verteilen müssen, bevor die erste Stammgastwelle des Nachmittags hereinschwappt, die Leute, die gegen fünf Uhr zum Kartenspielen herkommen.

– Du scheinst dich in diesem Milieu ja gut auszukennen, sage ich zu Culculnacci... Da reden wir von diesem de la Portanière, seinen Wahlkampftricks, seinen Handlangern, und du bist offenbar ganz zufrieden, daß sie nicht in die Sache verwikkelt sind und für die nächsten Wahlen schöne weiße Manschetten behalten.

– Eben, Frankie, die Wahlen...

Er sieht mich an.

– Die »andern« dürfen es nicht schaffen.

Im Grunde meines Herzens bin ich ein wenig seiner Meinung über den Wahlausgang, aber ich möchte gern an eine starke Beteiligung der Bürger glauben und nur an ein kleines bißchen Kungelei. Das Gegenteil ist die Realität...

Ich seufze.

– Ich habe den Brief nicht mehr, sage ich, ohne die Stimme zu erheben.

– Wie, du hast den Brief nicht mehr?

– Ich habe ihn nicht mehr... Das ist ein Satz, der jedem grammatikalischen Anspruch voll und ganz genügt, klar und eindeutig, mit dem Verb haben und auch dem ergänzenden Adverb... Und weil ich ihn nicht mehr habe, kann ich ihn dir nicht mehr geben.

– Ich weiß, daß der alte Bézaudun letztlich nicht besonders sympathisch war, aber man darf auch den anonymen Schmierfink nicht vergessen.

Ich nehme die Sonnenbrille ab und zwinkere ein bißchen, um mein verletztes Auge an das Licht zu gewöhnen.

– Weißt du, Ange, ein Schmierfink ist kein sehr anziehender Vogel, aber bei diesem hier ist es nicht nötig, ihm das Futter zu vergiften.

Er schüttelt den Kopf.

– Ich habe verstanden, Frankie…

Er steht auf.

– Hoffen wir wenigstens, daß wir die Wahlen gewinnen.

Er entfernt sich mit seinem schweren Schritt, vielleicht ein wenig gebeugter als gewöhnlich. Ich zucke zusammen. Meine Finger sind über die Bank spaziert und auf den alten spanischen Revolver getroffen.

Ich stopfe ihn in die Tasche und rufe Jeannot.

– Mach mir einen schönen starken Espresso…

Ende der Episode

Nachwort

1962 waren es Tausende, die – aus allen Ecken Algeriens kommend – mit Tränen in den Augen in Frankreich an Land gingen. Sicher, Frankreich war traditionell ein Einwanderungsland, aber für sie doch ein oft unbekanntes Land. Anderthalb Millionen Pieds-noirs mußten ihr Leben neu aufbauen, neue Haushalte gründen und den Rassismus der einheimischen Bevölkerung, die auf diese Einwanderungswelle nicht vorbereitet war, ertragen.

Unter ihnen befand sich eine Familie aus Sidi Bel Abbès, einem großen landwirtschaftlichen Zentrum von 100000 Einwohnern mitten in Algerien, dem Hauptstützpunkt der französischen Fremdenlegion. Jean Ségura, der Familienvater, ein Flugzeugingenieur, hatte sein Bauunternehmen mit 240 Arbeitern aufgeben müssen. Seine Frau Marcelle, geborene Pujol, und seine drei kleinen Kinder kamen mit. Freunde in Cannes nahmen sie zunächst auf. Jean Ségura, der die fatale Ausweisung aus Algerien schon seit einigen Jahren vorausgeahnt hatte, begann mehrere Baustellen an der Côte d'Azur aufzuziehen. Aber die Bauten waren schnell fertig und Folgeaufträge gab es keine. Elisabeth, seine Tochter, erinnert sich: »Zu dieser Zeit standen wir zwar nicht auf der Straße, aber so gut wie. Damals brachte uns unser Vater in Fleury unter, dem Heimatdorf meiner Mutter, in dem mein Großvater mütterlicherseits ein großes Weingut, die Domaine von Rivière-Le-Haut leitete.« Während des Zweiten Weltkrieges hatte Jean Ségura ungefähr fünf Jahre in Frankreich verbracht, dort hatte er seine zukünftige Frau getroffen, die mit ihrer Familie in Fleury lebte, einem kleinen Dorf mit 1300 Einwohnern im Departement Aude, zwischen Montpellier und Beziers.

Die Pujols besitzen dort ein Weingut von etwa 300 Hektar,

wovon 48 mit Weinreben der Sorte La Clape bepflanzt sind. Ein weitläufiger Besitz mit Zikadengezirpe, geschützt am Rande eines Hügels gelegen, einige Steinwürfe vom Mittelmeer entfernt. Jean Ségura muß alles lernen. Mit Feuereifer stürzt er sich auf Bücher, die sich mit Wein beschäftigen, befragt Experten. »Nicht ohne Mühe«, vertraut uns Elisabeth an, »unsere Ankunft in diesem französischen Dorf löste eine Welle von Feindseligkeit aus. Wir wurden von einigen für Ausländer gehalten, von manchen sogar für Araber.«

1963 begibt sich Jean zu Winzern in der Bourgogne, um dort eine Ausbildung zu machen. Ein Jahr später revolutioniert er den ortsansässigen Weinhandel durch die Erfindung einer Konservierungsmethode durch ein Stickstoffverfahren, das bis dahin bei der Weiterverarbeitung von Weißweinen unbekannt war, und wurde so der Pionier der Flaschenabfüllung. Damals verkauften alle Weingutbesitzer ihren Wein offen an die Händler. Claude Mirouse, der seit fünf Jahren mit Elisabeth verheiratet ist und der sich heute um die Verwaltung der Domaine kümmert, ruft sich diese Zeit, so wie er sie durch die Erzählungen seines Schwiegervaters kennt in Erinnerung: »Was den Beruf anbelangt, sagte Jean, sei er ein Verrückter. Als Erfinder, als Erneuerer, mit diesem kleinen Schuß Abenteuergeist, der den Pieds-noirs eigen ist, habe er sich mehr Feinde als Freunde geschaffen. Und die Weinbauern der Gegend hätten plötzlich miterleben müssen, daß ihre Verfahren und Arbeitsmethoden völlig umgeworfen wurden.«

Im Dorf schlug die Stimmung manchmal fast in Feindschaft um. Elisabeth erinnert sich an die Zeit, als sie zwölf Jahre alt war: »Eines Sonntagmorgens, gegen sieben Uhr, als meine Mutter noch schlief, gingen einige Jäger des Dorfes in unseren Weinbergen, nur wenige Schritte vom Haus entfernt, zur Jagd. Abrupt durch die Gewehrsalven geweckt worden, ging meine Mutter hinaus, um diese Männer zu bitten, etwas weiter vom Haus weg zu jagen. Ihre Antwort erfolgte prompt, sie haben auf unsere Fenster gezielt und meiner Mutter entgegengeschrien: Hau ab nach Algerien.«

Es waren schwere Zeiten für diese Familie. Die Winzer waren zugeknöpft, den Fremden gegenüber feindselig eingestellt. »Meine Mutter bedrückte das mehr als meinen Vater«, erzählte Elisabeth. »Er machte sich nichts daraus, er arbeitete leidenschaftlich gern. Mit von der Sonne gegerbtem Gesicht, gab er sein Bestes in den Weinbergen der Domaine.«

Claude, 35 Jahre alt, in Béziers als Sohn eines Automechanikers geboren, empfindet große Bewunderung für seinen Schwiegervater: »Er war ein Mann, der sich nicht unterkriegen ließ. Da ich die Ankunft der Pieds-noirs hier in unserer Gegend miterlebt habe, kann ich Ihnen – heute mit dem nötigen Abstand – versichern, daß sie unsere Wirtschaftskraft mit ihrem Unternehmer- und Innovationsgeist aufrechterhalten haben.«

Es dauerte nicht lange, daß Jean Ségura die Früchte seiner Arbeit erntete. Er reiste in der Gegend herum, mit einem Musterkoffer seiner Weine, gründete schnell ein starkes Vertriebsnetz, zusammen mit den meist ortsansässigen Restaurantbesitzern, und erhält bereits ein Jahr nach seiner ersten Ernte mehrere Medaillen, darunter eine von Concours Général Agricole de Paris und eine von der Messe in Maçon.

Im Jahre 1965 wird er Mitglied im Aufsichtsrat des Technischen Weininstituts, dann auch in der kommunalen Winzergenossenschaft. Der einzige Wermutstropfen in diesen ersten Jahren war seine Niederlage bei den Kommunalwahlen 1965 in Fleury. »Mutig und entschieden, seinen Platz in der Geselllschaft zu finden«, erzählt Elisabeth, hatte sich Jean dazu entschlossen, bei den Kommunalwahlen zu kandidieren. Wahlen, die unglücklicherweise durch eine großangelegte Anti-Pieds-noirs-Kampagne der politischen Gegner geprägt waren. Das Dorf hätte niemals zugelassen, daß ein Einwanderer aus Algerien sich um den Bürgermeisterstuhl bewerben könnte.« Als Mitglied des »Club Perspectives et Réalités«, in dem sich auch bekannte Persönlichkeiten wie Valery Giscard d'Estaing, Michel Durfafour und Michel Poniatowski befanden, wurde Jean Ségura auf hoher politischer Ebene weitaus mehr geschätzt als in dem kleinen Dorf im Süden Frankreichs. Jean Ségura, heute 69 Jahre alt, hat vor 1 3/4 Jahren das Gut seiner Tochter und seinem Schwiegersohn übergeben. Ohne sich auf sein Altenteil zurückzuziehen, das er wohl verdient hätte, hat er gerade in Paris eine Winzervereinigung gegründet, in der alle Anbaugebiete vertreten sein werden. Claude und Elisabeth sprechen voller Bewunderung von diesem Mann, der mit nichts angefangen hat und es trotzdem schaffte, sich einen Namen zu machen. Einen Namen, der in der Weinbranche einen guten Klang hat.

Viele Weinbauern, selbst die, die vor einigen Jahren Jean Ségura schonungslos angegriffen haben, hören heute sehr aufmerksam seinen Vorschlägen und Analysen über die Zukunft des südfranzösischen Weinbaus zu.

Sie vergessen darüber ganz den Pieds-noirs, der Jean Ségura ist, und immer bleiben wird: »Seine Wurzeln verliert man niemals«, sagt Elisabeth abschließend. »Selbst unsere Kinder die in Frankreich geboren sind, nehmen diese Identität für sich mit Nachdruck in Anspruch.«

Anmerkungen

[1] Lesen Sie schleunigst aus der gleichen Reihe: *Puntacavallo, ein sonniger Schnüffler.*

[2] Um die gesamte Erbschaftsproblematik zu verstehen, sollten Sie sich in *Puntacavallo auf der Ölspur* vertiefen (erschienen in der gleichen Reihe).

[3] Ein Spiel: Finden Sie die Titel sämtlicher Kriminalfilme, in denen der Automechaniker von dem Wagen, unter dem er gerade gearbeitet hat, zerquetscht wird.

[4] Der Leser wird den eleganten Stil und das delikate Bild zu würdigen wissen.